厄介引き受け人

望月竜之進

二天一流の猿

竹書房
時代小説文庫

目次

1

この作品は竹書房時代小説文庫のために書き下ろされました。ただし、
『正雪の虎』は〝小説non〟1998年2月号(祥伝社)に
『甚五郎のガマ』は、単行本「黒牛と妖怪」1995年刊(新人物往来社)
に収録された作品に加筆、修正を加えております。

厄介引き受け人

望月竜之進

二天一流の猿

第一話　二天一流の猿

一

すでに初夏といっていい季節だというのに、朝から冷たい雨が降りつづいていた。昼時分になっても雨は上がりそうもない。それどころか、雨足はますます激しくなってきた。

ここ、川越街道沿いの小さな茶店でも、雨足が弱まるのを待つ旅人が、四、五人ほど、恨《うら》めしそうに空を眺めていた。

と――。

その雨をかきわけるようにして、歳《とし》の頃は十七、八の若い男が飛び込んできた。頬に幼さを残しているが、どこか崩れた感じが漂っている。

「いやあ、ひでえ雨だぜ」

若い男は笠のしずくを払い落としながら、茶店の客をひととおり見回し、奥にいたおやじに向かって大声で言った。

「ところで、おやじよう、面白《おもしれ》え話を聞いたんだけど、知ってるかい」

「面白え話だって？」

茶店のおやじは急な寒さで関節でも痛むのか、縁台に腰かけたまま膝をこすりながら、不機嫌そうに訊いた。

「そうさ。あの有名な剣豪、宮本武蔵《みやもとむさし》の剣の奥義《おうぎ》を会得《えとく》した猿がいるって話だよ」

茶店の中にいた旅人たちは、いっせいにこの若い男のほうを見た。男は視線を集めたことでさらに得意になったらしく、

「猿がだぜ。猿が武蔵の剣だぜ」

と、繰り返した。

「なんだ、それは。初めて聞いたな」

「この先の二股にわかれる道を城下とは別の方角へ一里ほど行ったあたりに、竹《たけ》井《い》道場という剣術道場があるのを知ってるかい」

「二カ月ほど前にできた道場だろうよ」

「そうよ。そこで飼われている猿なんだがよ、これがあの宮本武蔵が飼っていた

猿で、見よう見真似で、武蔵の剣の型を覚えちまったらしいんだよ」

「へっ、大方、猿真似で棒っきれを振り回すだけのこったろうが」

茶店のおやじは馬鹿ばかしいといったように顔をしかめた。

「それがそうでもないんだとよ。よほど武蔵が念を入れて教えこんだらしく、型は武蔵そっくり。しかも、立ち合いまでやるというじゃねえか。猿のくせに下手《へた》な侍よりも強いんじゃねえかなんて言うやつもいるほどさ」

若い男は、茶店の中にいたうす汚れた浪人者ふうの侍をチラッと見て言った。

口をはさんだのは、商家の手代ふうの旅人だった。

「そいつぁあ面白えや。江戸に持っていって見せ物にでも出せば、ずいぶんと金が儲かるんじゃねえのかなあ」

「そうだろ」

と若い男がそれに答え、

「だがよ、道場主の竹井ってのがよほど大事にしてるらしくて、まあ、絶対に譲ってくれたりはしねえそうだがよ」

「そいつは惜しいなあ」

旅人が真顔でほかの客を見まわすと、何人かは同感だというようにうなずいた。

「面白え話ってのはそんなとこだ。おやじ、この茶店のみやげ話にでもして、どんどんしゃべってやったらいいさ」

若い男はそう言って、雨の中をもと来た方角へと引き返していった。

なんとも奇妙な話であった。

宮本武蔵とは――。

言うまでもなく、その名を天下に知られた剣豪である。二刀流を用い、晩年には自ら二天一流《にてんいちりゅう》と称した。二天とは日と月を示し、その二つの天を一つに成す、すなわち兵法においては陰と陽はわかち難《がた》きもの、という意味が込められているという。

しかし、その武蔵は、この年から四年前の正保《しょうほ》二年（一六四五）に、肥後《ひご》熊本の地で病没しているのだ。享年《きょうねん》六十二歳であった。

その武蔵の剣を体得した猿が、四年もたってから、なぜこの武州《ぶしゅう》川越くんだりにあらわれなければならないのか。なにやら見せ物小屋の演し物《だしもの》の由来のようにいかがわしく、判然としない話だった。

「おやじ。いまの男はこのあたりの者か」

と訊《き》いたのは、茶店の中にいたただひとりの侍だった。

総髪の三十歳くらいの侍である。一瞥《いちべつ》して浪人者とわかる風体だが、切羽詰まった印象はない。眉が八の字に下がっているせいもあってか、どことなく暢気《のんき》そうで、あくびを我慢しているような面持ちでもある。

「いや、見かけない男だなあ」

「ふうむ、わざわざ雨の中を噂を広めにやってくるとは、変わったやつだなあ」

侍の口調はのんびりしている。春風駘蕩《しゅんぷうたいとう》といったおもむきである。

「だが、たしかに面白い話ではあるなあ」

「そうかね。おらには、馬鹿ばかしい与太話《よたばなし》にしか思えねえがな」

と、茶店のおやじはそっぽを向いた。

「この先の二股の道を、城下とは別の方角へ一里とか言っておったのう」

「左の方角でさあ。真新しくてたいそう立派な道場だから、すぐにわかるわ」

「行ってみようかのう。どうせ、急ぐ旅ではないし」

「ふん。どうぞ、ご勝手に」

おやじのそっけない口調に気を悪くしたふうでもなく、総髪の侍は一つ伸びをすると、ゆっくりと立ち上がった。

するると、侍の出発を待っていたかのように、降りつづいていた雨がサッと上がり、雲の切れ間から明るい初夏の光がいくつかの筋となって差してきた。

侍が歩き出すと、茶店のおやじや旅人たちは、いっせいに首をかたむけ、口調のわりには快活《かいかつ》な足取りの後ろ姿を、呆《あき》れたような顔で見送った……。

いざ雨が上がると、たれこめていた雲の層はどんどん東の空へ流されてゆく。眩《まぶ》しいくらいの日差しがあたりに満ち溢れる。正体をあらわしたのは、まさに初夏の風薫《かお》るといった日柄だった。

緑色に波打つ水田にはさまれた道を、侍はのんびりと歩いていく。

二股の道を左に折れ、確かに一里ほどいったあたり。小高い丘の中腹に、剣術道場らしき建物があらわれた。

まだ建てられてまもないらしく、木の香が漂ってくるようである。しかも、茶店のおやじが言っていたように、鄙《ひな》には意外なくらい広壮《こうそう》な造りでもある。

「ほう……」

侍は感心したような声を上げると、坂を登って道場の門をくぐった。

道場は門の左手に面し、玄関をはさんで右手に母屋《おもや》がつくられているらしい。

侍は格子窓《こうしまど》から道場のようすをのぞいた。

まだ十二、三歳ほどの少年たちが四、五人、掛け声とともに木刀を振ってい
る。相手をしているのもまだ少年の面影が残る十五、六の少年である。

道場主がいないことを見てとって、侍はあらためて玄関先で訪《おとな》いを入れた。

「お頼み申す」

「はいっ」

右手の奥からかわいらしい声がして、七、八歳ほどの少年が顔を出した。

「なんでしょうか」

「旅の武芸者だが、竹井先生にお目にかかりたいのだがのう」

少年はつぶらな瞳《ひとみ》で侍を見つめると、小さくうなずき、奥に入っていった。

しばらくして、少年は戻ってくると、

「お上がりください」

と、侍を奥へ案内した。

少年は廊下を案内するあいだ、横から侍を興味深げに見つめている。その眼差《まなざ》
しがいかにも好奇心に富む少年の愛らしさで、侍は片頬に苦笑をにじませた。

奥の座敷に入ると、一目で道場主とわかる男が腰を下ろしている。

年の頃は六十なかばほどであろう。髪はだいぶ薄くなっている。頑固そうではあるが、そのじつは好人物といった風貌である。

だが、侍を見たその目には、強い緊張と警戒心とがうかがえた。

「ふいにお訪ねして申し訳ござらぬ。拙者、武芸の修行のため諸国を旅しておる望月《もちづき》竜之進《りゅうのしん》と申す者」

「望月どの？　佐々木《ささき》どのではござらぬのか？」

道場主は鋭い口調で訊いた。

「佐々木？　いや、望月と申す」

道場主の顔にいくぶん安堵の表情が浮かんだ。

「して、なんのご用で？」

「じつはこの先の茶店で、こちらの猿の噂を聞きましてな」

「ただの噂でござる」

道場主は吐き捨てるように言った。

「なんでも、宮本武蔵の剣の奥義を真似るという……」

「そのようなことはござらぬ。では、お引き取りいただこう」

いったんは奥に通したくせに、ひどくつれない。

「いや、猿というのは意外にかしこい獣《けもの》ですから、一目なりとも会わせていただけませぬか」

「おことわりいたす。さ、お引き取りを」

取りつく島《しま》もない。

望月竜之進という侍は、こめかみのあたりを掻きむしると、仕方ないといったふうに手元に置いた刀を取って、立ち去ろうとした。

そのとき——。

「その、鍔《つば》の模様は……」

道場主の視線が竜之進の刀の鍔にそそがれている。

満月と雲をあしらった模様である。望月という名にちなんだ意匠《いしょう》であるのだろう。

「あ、これは亡父のかたみでござる」

「亡父のかたみ……。さきほど、望月竜之進どのとおっしゃったが、もしや東軍《とうぐん》流《りゅう》をつかわれた望月源七郎《げんしちろう》どのの……」

「ああ、倅《せがれ》でござる」

その返答を聞いて、道場主の表情が一変した。

「これは、これは、望月源七郎どののご子息でござったか。いやあ、奇遇《きぐう》だのう！」

待遇はまるでちがってしまった。

「娘が出かけていて、ろくなもてなしはできぬが……」

と言いながらも、酒まで持ってきて、盃《さかずき》をかわし合うことになった。

なんと、この道場主である竹井長右衛門《ちようえもん》と、望月竜之進の父である源七郎とは、大阪冬の陣、夏の陣の二つの合戦において、同じ徳川軍の釜の飯を食いつつともに戦った仲であったという。そればかりか、

「わしの東軍流も、源七郎どのによって磨《みが》かれたようなもの」

というほど、親しくまじわったそうなのである。

「そうか。亡くなられたのか」

「ええ。五年ほど前に」

「それで、竜之進どのも東軍流を？」

「いや。じつは三社流《さんじやりゆう》と称する新しい流派をひらきましてな」

竜之進は照れ臭そうな顔で答えた。

「ほほお、三社流とな」

三社流は、やはり剣客であった亡父がつねづね語っていた、

「立ち合いというのは、そうそう都合よく一対一になどならぬもの」

とか、

「道場の剣法は実戦とは別のもの」

といった言葉を礎《いしずえ》にして、竜之進が新しくつくり上げた流派である。構えも打ち込みも三人を相手とするのを基本とする。だから、三社流とはすなわち三者流なのだが、この新流派に多少ともはったりを効かせるため、三つの神社に願《がん》をかけたためと称していた。

「それはそうと、竹井さま。あの噂になっている猿について、お聞かせ願いませぬか」

「ああ、あの猿はのう……」

竹井長右衛門は、一度、咳払いをして改まった口調になり、猿の素性から語り出した。

「宮本武蔵が晩年、海に面した霊巌洞《れいがんどう》という洞窟に籠もったことはご存じか？」

「いや。拙者は武蔵どののことはいっこうに存じ上げませぬ」

「なに、わしだって一面識もないのだ。だが、武蔵がその霊巌洞に籠もって座禅などを組み、剣の修養をつづけておったとき、一匹の猿がしばしば姿をあらわすようになった。この猿がなかなか賢い猿で、いつしか武蔵の動きを真似るようになったそうな」

「ほう」

「武蔵の強さは世に広く喧伝《けんでん》されたとおりであったらしいが、ただ、弟子《でし》を育てることはうまくなかった。教え方が厳しすぎたし、加えて教示の言葉がまるで禅問答のようにわかりにくかったためでもあるらしい」

竜之進は深くうなずいた。

そもそも剣の神髄《しんずい》を他人につたえるというのは容易ではない。竜之進自身も、亡父の門弟を大勢受け継いだが、あまりにも厳しい鍛練《たんれん》に一人残らず逃げ出されてしまっていた。

「そうした不満を持ちつつ孤独に剣理《けんり》を究《きわ》めようとしていた武蔵にとって、この猿はたいへんにかわいいものに思えたらしい。やがて型を真似させるばかりでなく、立ち合いの習練までさせるようになっていったのだ」

「立ち合いまで……」

「だが、そのうち武蔵の病《やまい》は悪化し、細川公から居宅としていただいていた千葉城へ戻り、ついにこの城で亡くなられた。このとき、猿もいっしょに千葉城へ連れていかれていたのじゃ」

「その猿がなぜここに？」

「うむ。その後のいきさつはいくつかの曲折を経るのだが、つまりは江戸在勤中の藩主にご高覧いただこうと連れてきたが、藩主はこの猿を武蔵の剣を冒瀆《ぼうとく》するものと感じられ、眉をひそめられた。ために、江戸家老同士のつきあいがあった当藩に譲り渡され、わしが道場を開いたのを機にこれをお預かりする羽目になったというわけなのだ」

竹井長右衛門の言葉の終わりには、いらぬものを預かってしまったと悔《く》やんでいる気持ちがうかがえた。

「このため、むやみに粗末にすることもできぬし、もちろん見せ物のようにしてひけらかすこともできぬ。出回ってしまった噂は仕方ないにせよ、弱ったものだと思っておったところなのだ」

これで、猿がこの道場にやってきたいきさつは聞き終えたわけだ。

「なるほど、そのようなことでございましたか……」

「いまのところは、先ほど案内した太吉《たきち》と申す子供に面倒を見させておる。あの子は、近くの百姓の倅なのだが、利発なので、この家の手伝いをさせることにしているのだ」

竜之進は、愛らしい少年の顔を思い出して納得した。

「まあ、わしとしては、なにごともなく早く天寿を全うしてくれたらいいのだが、あの猿めがまたやたらと飯を喰って、丈夫な猿でのう。すでにかなりの老境に入っているはずなのだが、いっこうにくたばる気配も見せぬのだわ」

「とりあえず、その猿を一目、見せていただけませぬか」

ここまで話をうかがったら、見ずにはいられない。竜之進は竹井長右衛門を急《せ》かせた。

「うむ。では、裏へ回ってもらおうか」

竹井は盃を伏し、太吉の名を呼びながら立ち上がった。

その猿は、裏庭に面した粗末な小屋の中で飼育されていた。

太吉が首に回した紐《ひも》を引いて、外へと連れ出してくる。

「これが二天一流の極意を会得した猿でござるか」

竜之進は正面から猿を見据えた。

巨大な老猿である。これほど身体の大きな猿は、竜之進も見たことはない。武蔵が気に入ったのは、この堂々たる体躯《たいく》のせいもあったのだろう。背を伸ばして立つと、四尺ほどある太吉の目の高さあたりまであった。

顔つきもまた、じつにふてぶてしい。片頬がちょっとひん曲がっていて、それがなにやら人を小馬鹿にしたようで憎たらしかった。

「それで、二天一流の剣は？」

竜之進が訊いた。

「いったん持たせると、取り戻すのがやっかいで、あまりやらせたくはないのだが」

と言って、竹井長右衛門は太吉に木刀を渡すよう命じた。

猿に大小二本の木刀が手渡された。いちおう猿に合わせて、握りはいくぶん細く、短めになっている。しかし、撃たれたら人でも相当な痛みを覚えるはずだった。

猿はそれを受け取ると、すぐに背筋を伸ばし、真っ直ぐこちらを見た。

なかなかどうして、見事な構えだった。

木刀を軽く握り、左右とも地に対して斜めにおろしている。腰は折り、自然体ながら、次の動きに打って出る溜《た》めのような力が満ちている。

「ほほお」

竜之進は頬に笑みをにじませた。

猿は表情さえ一変させ、澄んだ大きな目で、真ん前に立った竜之進の動きを見計らっているようでもある。

試しに——。

竜之進は刀にそっと手を添え、腰をかすかに低く落とした。

すると猿は、右手に持っていた大刀のほうをわずかに外に開くようにした。こちらの動きに対応した、と見えなくもない。

「竹井どの。この猿と立ち合ったことは？」

竜之進は構えを崩さないまま、竹井長右衛門に訊いた。

「猿と立ち合い？」

竹井は苦笑した。

「いやいや、そんなことは……」

馬鹿らしくてできぬと言いたいらしい。

「まさか、望月どの。猿の向こうに、不世出《ふせいしゅつ》の剣豪の姿が見えるとでも？」

「竹井どのは？」

「わからぬのだ。そう思って見ればそのような気もしてくるが、しかしそれは、単に見えない武蔵の影に惑わされているからと思えなくもない」

「なるほど」

竜之進はうなずいただけで、おのれの気持ちは述べなかった。

刀から手を離し、姿勢を戻す。すると、同様に猿も木刀の位置を戻し、前と同じ構えになっていた。


竜之進と竹井長右衛門は、ふたたび母屋の座敷へと戻った。

「まあ、わしにとってあの猿はたいそうな厄介者ではあるが、噂もそのうちおさまるだろうし、気長に老衰《ろうすい》でも待つかと思っておったのだ」

「それがよろしいでしょうな」

竜之進も同意した。

「ところがの、ちょうど昨日のことよ、とんでもない手紙が届けられたのじゃ。なんと、この猿を親の仇《かたき》として討ち果たしたいという奇妙な文面じゃった」

「親の仇に猿を討つですと?」

「わしも剣を学んだ者ゆえ、負けて死ぬのは覚悟の上だったが、よもや、こんな途方もない申し出に巻き込まれるとは思いもよらなんだわ」

竹井はそう言って、床の間の棚から手文庫を持ち出し、中から手紙を取り出した。

その差し出し人の名を見て、竜之進は目を剥《む》いた。そこには、

「巌流《がんりゅう》が一子　佐々木安次郎《やすじろう》」

と、記されてあったからである。

二

望月竜之進は、この道場にしばらく滞在《たいざい》することになった。

若くて腕の立つ子弟が大勢いたなら、竜之進も余計なお節介をするつもりはなかったろう。だが、この道場は竹井長右衛門が老いの無聊《ぶりょう》をなぐさめるために開いたもので、子弟として通っているのはほとんどが百姓や町人の倅の、それも十五に満たない子供ばかりであった。

手紙の主は、猿を斬ると言っている。

しかし、竹井としてはおいそれと斬らせるわけにもいかないだろう。当然、争いごとに発展する可能性は大きい。

竜之進は、亡父の友人でもあり、すでに六十もなかばほどに達した老剣客の危《き》難《なん》を見過ごしにはできなかった。

本来なら、すでに藩の重役として竹井家の家督《かとく》を継いでいるという息子にでも相談すべきなのであろう。しかし、竹井長右衛門は息子と折り合いでもよくないのか、話を持っていくつもりはまったくないらしかった。

「万が一のため、その佐々木安次郎とやらがあらわれるまで、ここに滞在させていただいて構いませぬか」

竜之進がそう申し出ると、

「おお。それは心強い」

と、竹井長右衛門も虚勢を張ることなく、この申し出を受け入れたのだった。

佐々木巌流こと小次郎《こじろう》とは――。

宮本武蔵との決闘でその名を知られた剣豪である。四尺をゆうに越したという長太刀をつかい、〈燕返《つばめがえ》し〉なる秘剣を得意としたらしいが、武蔵に敗れ、命を落とした。世に知られる巌流島の決闘である。

しかしそれは、武蔵もまだ若く、慶長年間のできごとであったというから、このときから三十数年も前のことである。とすれば、その一子たる安次郎とやらも、少なくともすでに四十近くにも達しているだろう。

そのような齢《よわい》の男が、三十数年間も遺恨《いこん》を持ちつづけ、当人ではなく、武蔵の剣を真似するだけの猿に仕返しをしようなどと思うものだろうか。

仕返しをするなら、四年前までこの世にあった宮本武蔵本人にすればいいのであって、その武蔵に巌流の息子が挑んだなどという話は聞いたこともなかった。

その手紙とは、こんな文面であった。

積年の恨み。

親の仇、憎き宮本武蔵。

たとえ畜生といえども、その剣を受け継ぐ者。

斬らずにおられようか。

武蔵の剣は策略の剣。卑怯《ひきょう》の剣。

その心根、必ずや猿にも伝わりたるはず。

真っ二つにすべきものなり。

最初、一読したときは、竜之進は苦笑を禁じ得なかった。

竹井長右衛門も、他愛のないいたずらと思う気持ちもあるようだが、ただ、竜之進が気になったのは、その手紙に奇妙な執拗《しつよう》さと強い悪意が感じ取れたことだった。

佐々木巌流の息子を騙《かた》った者のしわざにせよ、このままなにごともなく終わりそうな気はしなかったのである。

道場の隅で、子供たちの稽古《けいこ》をぼんやりと眺めていると、

「望月さま。昼餉《ひるげ》のしたくができました」

と声がかかった。

振り向くと、美代《みよ》が微笑んでいた。

竹井長右衛門の娘である。昨日、この道場にやってきたときは外出していて留守だったが、夕刻になって帰ってきた。もしも、この娘が屋敷にいたとしたら、ここに滞在させてくれとは言い出しにくかったかもしれない。

年頃の美しい娘だった。

竹井長右衛門とはまるで似ておらず、背丈も高く、色も白い。切れ長のすずやかな目がひどく印象的だった。

ただ、美しい娘にありがちで、やや気難しい性格なのか、竜之進が滞在することを告げると、横を向いて眉をひそめたものだった。

しかし、竹井に万が一のことがあれば、この娘はどんなにか悲しむことだろう。嫁入り前にして、孤独の身にもなるだろう。この娘のためにも、竹井の危難をかわしてやりたいと、竜之進は思った。

昼餉の雑炊《ぞうすい》がすでに椀に盛られていて、竜之進は竹井と差し向かいで箸《はし》を取った。

「今日あたり、来ますかな？」

美代が下がっていったのを見て、竜之進は訊いた。

「さて、どうかな。くるなら早く来てもらいたいものだ。このような面倒ごとを抱えて暮らすのは鬱陶《うっとう》しい」

竹井は気重そうに言った。

座敷の障子戸は開けはなたれていて、昨日、竜之進が歩いてきた道もまっすぐ見通せる。

よく晴れていて、彼方《かなた》から渡ってくる風が、稲葉の波となって輝いていた。

だが、竜之進は景色を眺めるふうではない。双《ふたつ》の目が、真ん中に寄ってきている。この男をよく知る者がいたら、なにか深い考えごとにふけっているのだと察しがついたであろう。竜之進が思案するときの癖《くせ》のようなものだった。

やがて、雑炊を二杯、ゆっくり食べ終えた竜之進は、

「竹井さま。いま、ちょっとした計略を思いつきました」

「計略とな」

「拙者《せつしや》が猿と勝負をいたしましょう」

「なんと……」

呆れ顔の竹井長右衛門に、竜之進はその思惑《おもわく》を説いた。

「このあたりの村人を呼んで、その前で猿と拙者が正式な試合をおこなうのです。藩内に差し障りがあるなら、昔なじみの倅のたっての頼みで、竹井さまは仕方なく承知したということになさればよろしいでしょう」

「なあに藩への言い訳などはどうにでもなる。幸い大坂の役における功労が大きかったため、わしはかなりのわがままも許される。して、それから……？」

「そこで拙者が猿を打ちのめします。もちろん、死なない程度にですが。それで、いくら武蔵の剣を真似するといっても所詮は猿、という評判が広まるでしょう。佐々木安次郎とやらも、その評判を耳にするにちがいありませぬ」

「だろうな……」

「そうなったら、わざわざそんな猿を斬りに来るなどというのは武士の名折れ。巌流の名声も地に落ちるでありましょう」

「なるほど、それでここに立ち寄ることも諦めるだろうと……」

竹井長右衛門は小さく何度もうなずいた。

「いかがでしょうか」

「妙案かもしれぬな」

こうして、二天一流の猿と三社流望月竜之進が、翌日の正午に、この竹井道場において正式の立ち合いにおよぶことになったのである。


翌日――。

竹井道場のまわりは、押すな押すなの大盛況であった。

活発な年頃の弟子たちがふれ回ったこともあって、近在一円の百姓や城下の町人たち、さらには物見高い城下の武士までも大勢集まってきた。その数はざっと百人。道場の中にはおさまり切れず、窓から突き出された鼻づらで、道場内の光が乏《とぼ》しくなったほどだった。

だれもがいったいどのような勝負になるのかと、興味津々《しんしん》といった顔つきであったが、ひとり竹井の娘の美代だけが、不機嫌そうな面持ちだった。

美代は昨日、この話を聞いたときも、

「猿と立ち合うなど、立派な武士のなさることではありますまい」

と気色《けしき》ばんだのである。

「責めも嘲笑《ちょうしょう》もすべて、この望月竜之進が背負うこと」

と、竜之進はどうにかこの立ち合いを承知させたのだった。

その美代はかたちのいい眉をひそめたまま、道場の隅に座っている。

そして正午になって――。

道場内に、あるじの竹井長右衛門と望月竜之進があらわれ、すぐに太吉に首の紐を引かれた巨大な猿がやってきた。

道場のうちそとで、笑いやどよめきが起きた。

「おお。あれが噂になっていた、武蔵の剣を会得した猿かいな」

「なんともでかい身体と、ふてぶてしい面をしてやがるでねえか」

「だが、所詮は猿だ。勝負にはならんだろ」

「いや。なにせ、剣聖とさえ言われた武蔵直伝の剣だ。わかるもんか」

「侍に米一升」

「猿に一升」

賭けまで始める輩《やから》も出てくる始末だった。

やがて、竹井長右衛門がよく通る声でこの勝負のいきさつを語り出した。

「ここにおられる望月竜之進どのは、三社流という流派の開祖として、日夜、新しい剣法の完成に腐心なさっておいでである。その望月どのが、武蔵の剣を学んだ猿がいるという噂を聞き、わざわざ当道場まで足を運ばれた。しかも、見るばかりでなく、立ち合いまで希望なされたのだ」

竹井が話すあいだ、猿は落ち着きなくキョロキョロとあたりを見回している。こうしたようすを見れば、どこにでもいる猿となんら変わりはなかった。

一方の竜之進はというと、猿のようにあからさまに視線を這い回らせることはなかったが、見物人の顔をゆっくりと眺め渡していた。そして、竜之進の視線が止まった。その先にいたのは、一昨日、街道の茶店でこの猿の噂をふれ回っていた若い男だった。

その若い男がとなりに立った侍に話しかけるのも見た。侍はすでに五十近いのではないか。いかにも浪人者といった風体は竜之進と似ていなくもないが、ただこちらは竜之進とちがってひどく顔色が悪い。

このふたりをさりげなく見つめるうち、またも竜之進の双《ふたつ》の目が真ん中に寄っていた。

竹井長右衛門の声がさらに高くなる。

「若き剣客のたっての願いゆえ、わしもこの申し出を引き受けることにした。ついては、近在で噂になっているこの猿を一目見たいと思う方も多いだろうと、こうして見物を許した次第である。このいささか変わった立ち合いを、存分に見物なさっていかれるがよい」

竹井はもう一度、あたりを見回して、

「では、立ち合っていただこう。かたや二天一流の猿。こなた三社流望月竜之進どの」

猿に大小の木刀が渡される。いや、猿だけではない。望月竜之進のほうも、大小二本の木刀を受け取った。これはつまり、二刀流対二刀流ということである。

どよめきはさらに大きくなった。

「勝負は一本。のちに怨根《えんこん》を残すことはあいならぬっ」

まさか、猿が怨根を抱くこともないだろうが、望月竜之進はうなずいて頭を下げた。

すると、小癪《こしゃく》にも猿も真似たように頭を下げたので、微苦笑があちこちに満ちた。

「では、まいるっ」

先に竜之進が一歩、踏み出した。木刀はともに下段に構えたままである。

猿は同じ位置のままだが、木刀を握った両手に軽く力が入るのがわかった。

睨《にら》み合う猿と剣客。

これが絵にでも描かれた図柄であれば、笑いを誘うところであろうが、いま、このとき笑いを浮かべる見物人はいなかった。こうして猿と剣客が立ち合いのかたちで向かい合うのを目の当たりにすると、その異様さばかりが際立つのだった。

睨み合いはしばらくつづくかと思われたのだが――。

先に動いたのは剣客のほうであった。

二刀を頭上で交差させるようにすると同時に、軽く右へまわりこみ、

「てやーっ」

激しく道場の床を踏んで、右の大刀を猿の左胴あたりに叩きこんで行った。

そのとき、猿は左手の小刀を剣客の木刀に合わせるように走らせながら、大きく宙を飛んだのである。

思いがけぬ跳躍だった。軽々とした身の動きだった。

猿は素早く宙を飛ぶと、いっきに竜之進の肩先まで進出し、右手の木刀を竜之進の脳天へと撃ち下ろしたのである。

カーン。

と、木刀が床に転がる音がした。

道場のうちそとではどよめきもなく、見物人たちはいちように呼吸することさえ忘れてしまったようだった……。

三

「わしならば、あの場ですぐに切腹しておるな」

と竹井長右衛門は、竜之進の顔を見ようともせず、吐き捨てるように言った。

「いや、わしばかりであるまいっ。武士としての矜持《きょうじ》があれば、あのような恥《ち》辱《じょく》に耐えることができようか。しかも、まがりなりにも一派の開祖を自称する者ではないかっ。それが、いくら武蔵の手ほどきを受けたとはいえ、猿に一本取られるなどとは……」

竹井は言葉を重ねるほど怒りがつのるらしく、ときおり握った拳を激しく震わせた。

竜之進はというと――。

縁先に座り、冷やした手拭いを頭に当てながら小さくなっている。

そのわきでは、美代が手桶に別の手拭《てぬぐ》いをひたしながら、手で口をおさえている。

「そのように小さくならずともよろしいですのに」

「いやなに、同じ負けるにしても、もう少し恰好のつく負け方もあったかなと……」

小さくなっているわりには、さほど悪びれているようにも見えないのは、この男の人柄というべきなのか。

「一本勝負ではなく、三本勝負にしておけばよかったですわね。でも、二本取られたら、もっと……」

美代はそこまで言うと、またプーッと吹き出した。これで何度、吹き出したか、数え切れないほどである。

このたびの立ち合いについては色をなして反対した美代であったが、あまりにも呆気《あつけ》なく猿に敗れたもので、むしろ爽快《そうかい》な気分でも感じているのかもしれなかった。

竹井はそんな美代の上っ調子を苦々しげに見やると、

「これではあの猿の評判も、武蔵の威光も、ますます高まるであろうな」

と精一杯の厭味《いやみ》をこめて言った。

「まったくですな」

竜之進はひとごとのようにうなずき、

「かくなる上は、その佐々木安次郎の相手は拙者がつとめましょう」

「ふん。そなたがのう。猿に負けたそなたが、巌流の息子の相手を……」

竹井長右衛門はまだぶつくさ言っている。

しかし、竜之進はそのつぶやきを無視して、ふいに立ち上がった。

縁先から庭に下り、土手のはしまで行く。ここから、町へ戻っていくさっきの見物人たちの姿が見えることに気づいたのである。

目を細め、先程、道場で見かけた侍たちを探しているらしい。しかし、人の流れの中にさっきのふたりは見当たらなかった。

ふと気づくと、太吉少年がそばにやってきていた。

「いよお、太吉か。そなたのお父《とう》も来ていたのか」

「うん。猿より弱い三社流かって言ってたよ」

「たはっ。そいつはひどいのう」

「でも、おじちゃんも二刀流だったんだね」

「いやまあ、一刀流もできるのだぞ」

竜之進は太吉の肩を叩いて言った。

「ふうん。でも、二刀でも猿より弱いんだから、一刀だったらもっと弱いんだろうね」

「うっ」

竜之進は苦笑するしかない。

竹井道場の前の道を、川越城下に向かわず反対の東の方向に二町ほど行ったあたりである。魚のかわりに化け物でも泳いでいそうな池の畔《ほとり》に、くずれかけたお堂があった。

このお堂に竹井道場からの道をたどって、ふたりの男がやってきた。

ひとりはまだ十七、八になったかどうかという若者——竜之進が雨の茶店で会い、先程も道場の外から立ち合いを見つめていた男である。

そしてもうひとりは、その若い男とともにいた五十がらみの侍だった。

このふたりが池の畔をめぐってお堂に近づくと、ふいにお堂の扉がぎしぎしと音を立てて開いた。中から二十代前半とも見える、整った顔だちだが頬に傷のある男が顔を出し、

「やあ、先生。いかがでした」

と声をかけた。

先生と呼ばれたのは、五十がらみの侍である。

「うむ。面白い見せ物だった」

侍はそう答え、用心深くあたりをうかがいながら、お堂の中へ入った。

ふたりの帰りを待ちかまえていたらしい頬に傷のある男が、すぐに訊いた。

「もちろん、勝ったのは望月とかぬかす侍のほうだったのでしょう？」

答えたのは、いきがったふうの若者のほうだった。

「それがよう、梅次兄《うめじ》ぃ。その侍は、あっという間に猿に一本取られやがったのさ。とんだお笑い草だぜ」

「与助《よすけ》の言うのは本当ですかい、先生」

いきがった若者の名は与助、頬に傷のある男は梅次というらしい。

「うむ。まことだ。わしも思いがけないことだったが」

「けっこうなことじゃありませんか。その望月てえ侍の考えた計略を聞いたときは、先生が佐々木巌流を持ち出したのはしくじりかと思いましたが、かえって猿を狙う大義名分もふくらんだというもので」

と、梅次兄ぃと呼ばれた男が言った。

「それで、お目当ての竹井の爺《じじ》ぃもバッサリやれるってわけだね、兄ぃ」

梅次と与助は顔を見合わせてにんまりと笑った。

だが、先生と呼ばれた侍は、青白い顔に思索ありげなかげりを漂わせながら、

「しかし、いくら武蔵の手ほどきを受けたとはいえ、猿がそれほど強くなれるのであろうか。武蔵というのは、それほどに凄まじい達人だったのか……」

とつぶやいた。

それを聞いた梅次と与助は顔を見合わしたが、

「なあに、その望月という野郎がよっぽど弱かったのでしょうよ」

梅次が整った顔に酷薄そうな笑いを浮かべて、そう言った。

「であろうな。やつも二刀流をつかうらしいが、そもそも二刀流というのは、武蔵のような並外れた腕力の持ち主だけができること。一刀よりもずっと弱くなるものだ」

「竹井の道場にやってきたのが、そんなまぬけな野郎でよかったじゃねえですか」

「うむ。それはまあそうだが、しかし……」

この顔色の悪い侍は、なにかすっきりしない気持ちが残るらしい。

「先生。なんですかい。その望月ってのが、わざと負けたとでも？」

梅次は少し苛立たしそうに訊いた。

「いや。かりにも剣客を名乗る者が、あれほどの見物人を前に、わざわざ恥をさらすようなことをするはずはあるまい。だが、なにかしっくりこないのだ」

「先生」

と梅次が侍を見た。

「む？」

「先生はやはり、武蔵のまぼろしを背負っておいでだから、その立ち合いのなりゆきに気持ちが乱れたんでしょう」

「…………」

「先生。どうせなら、巌流などではなく、このさいほんとの仇討ちもかねて、吉《よし》岡《おか》を名乗ったほうがよかったんじゃねえですかい」

「馬鹿を申せ。猿など斬るのに、吉岡の名がつかえるか」

と、侍は怒りをあらわにしたが、すぐに気を取り直してぼそりと言った。

「梅次。やはりあの望月という男は、道場から追い払っておいたほうがよいかもしれぬ」

「そうですか。まあ、先生がそうおっしゃるなら、そうしましょう。あの侍を追い払うのは、わけもねえこってすからね……それにしても、先生は慎重だ。吉岡道場の剣法というのは、それほど慎重なんですかい」

梅次の言葉には、かすかな侮蔑《ぶべつ》が感じられた。

「いや。父の清十郎《せいじゅうろう》も、叔父《おじ》の伝七郎《でんしちろう》も、それがなかったため、武蔵の策略に敗れた。この仁十郎《にじゅうろう》は、その轍《てつ》は踏むまいと思っているだけだ」

どうやらこの佐々木巌流のせがれを騙った男は、洛北蓮台野《らくほくれんだいの》において宮本武蔵に敗れた吉岡清十郎の倅であるらしかった。

宮本武蔵と吉岡一門との対決は、巌流島の決闘とならんで、武蔵の武勇伝を代表するものとして知られる。当時、まだ無名の剣客だった武蔵は、京都の兵法界に君臨していた吉岡道場に狙いをつけ、洛北蓮台野で吉岡清十郎、三十三間堂で吉岡伝七郎、一乗寺下り松《いちじようじさがりまつ》で残る一門の弟子たちを次々と討ち破り、その名を天下に高めたのである。

吉岡清十郎が武蔵に斬られて死んだのは慶長九年（一六〇四）のこと。このときから四十五年も前のことであり、仁十郎に当時のさだかな記憶があるはずもなかった。

梅次はそんな吉岡仁十郎を横目で眺め、こうつぶやいた。

「じゃあ、ひとっ走りして、望月とやらを追い払う算段をしてくるとしようか」

「望月さま」

竜之進が庭の隅に腰を下ろしていると、後ろから美代が声をかけた。

「おう、美代どの」

振り向いた竜之進の顔に、まるで屈託《くったく》はない。猿に敗れた恥辱など、半日で忘れたような暢気な顔だった。

「先程まで出かけられていたようだが」

「ええ。ちょっと所用がございまして。それよりも望月さまとお話してもよろしいでしょうか」

「拙者と話？　なんなりと」

「望月さまって、本当に面白い方でいらっしゃいますね」

「面白いかのう」

「はい。父がこう申しておりました。竜之進さまのお父上の源七郎さまというのも奇矯《ききょう》なところがおありだったが、倅のほうはもっとわけがわからんと」

「たはっ……。お父上はこの道場の剣まで恥ずかしめられた気がして怒っておられるのだろうな。すまぬことをしたとは思っておるのだが」

美代はあわてて首を振り、

「そんなこと、気になさらなくてもよろしいのですよ。それより、望月さまも、やはりどこかの藩に仕官をお望みなのでしょうか」

「仕官とな。いや、そのようなこと、思ってみたこともない」

「まあ。では、なんのために、剣など学ぶのでしょうか」

「なんのため？」

「ええ。剣の修行などつらいものでございましょう。仕官の目的がないなら、なんのためにわざわざつらい剣の修行などなさるのですか？」

美代が笑顔をたやさぬまま訊いた。

竜之進は、その答えが恥ずかしいものであるかのように、頭をかき、

「一つには単なるいきがかり。おやじが剣客だったからだろうな」

「ほかにもあるのですか？」

「うむ。それともう一つは、悪人どもを懲《こ》らしめてやりたいためかな」

竜之進がそう言うと、美代はのけぞって、華《はな》やかな笑い声を上げた。

「おっほっほ……やっぱり変わったお方ですのね、望月さまって」

「変わってるかのう」

「変わってますよ。それじゃあ、もしかしてあの猿に負けたのは、猿は悪人じゃなかったからかしら」

美代の冗談に竜之進はニヤリとして、

「美代どのはなかなか鋭いのう」

「おっほっほ」

美代がもう一度、笑い声を上げたとき、

「ウォホッーン」

わざとらしい咳払いがした。

竜之進と美代が振り向くと、座敷の縁で竹井長右衛門がこちらを見て睨《にら》んでいた。

恐ろしいほどの目つきだった……。


翌朝――。

竜之進が朝餉《あさげ》の席に着くと、給仕をしていた美代が、

「あ、そうそう」

と言って、台所にもどり、小鉢をひとつ持ってきて、竜之進の前に置いた。

「いただきものの山菜《さんさい》があったのを忘れておりました。とってもおいしいんですよ」

小鉢は一つだけで、竹井長右衛門の前には置かれない。

竜之進が上目づかいに竹井を見ると、ふんとそっぽを向いた。

「望月さま、今日はどうなさるのですか」

と美代が訊いた。

「どうなさる？」

「ええ。一日中、来るか来ないかわからない男を待つのも退屈でございましょう。この先の柳瀬川《やなせがわ》は魚がよく釣れるとか聞いております。あそこなら道を通る人もわかりますし、待ちながら釣りでもなさってはいかがですか」

「おお、釣りとのう」

「今日はいい天気ですし。わたくしも片付けものがすんだら、のぞきにまいりますわ」

美代がそう言うと、案の定、竹井長右衛門が不機嫌このうえない声を出した。

「美代。下がっておれ」

「でも、望月さまのお食事がまだ」

「いいから下がっておれ」

竹井の声が震えを帯び始めていた。

気配を察し、美代は台所に下がる。

残された竜之進は、もっと居心地が悪い。

「望月どの」

竹井が箸を置いた。

「はあ」

「そろそろ旅を急がれたほうがよろしいのではないかな」

竜之進はやっぱりという思いだったが、

「しかし、巌流の倅を名乗る者は、すでにこのあたりまで来ているようですし……」

このまま立ち去るというのは後味がよくない。怪しいやつらも出没し始めているし、ことが起きるのもまもなくと思われる。

「なあに。その者は猿をどうにかしようとするだけで、わしに危害を加えようというのではあるまい。あるいは、金でかたがつくやもしれぬし」

果して本当にそうか――。

あの手紙に込められた暗い怨念《おんねん》のようなものや、猿との立ち合いのときにいた侍の鬱屈《うっくつ》したような青白い顔からして、竜之進には簡単に話がつくとは思えなかった。

「それに美代は年頃の娘」

「は？」

いつの間にか話が変わっていた。

「あれにちょっかいを出されるようなことがあれば、そなたと立ち合うことになる」

物騒なことを言い出している。

「滅相《めっそう》もござらぬ……」

「どうも、わが娘ながら、あれには男にとって狂おしいほどの色香があるらしい。それにたぶらかされては、そなたの剣の修行にも邪魔となろう。おなごの魔性には手を出さぬほうが剣のため」

竹井の目が座ってきている。

竜之進には美代にそれほどの色香も魔性とやらも感じなかったが、これ以上、刺激するとろくなことになりそうもない。

あわてて話をさえぎった。

「わかりました、竹井さま。立ち退《の》かせていただきますっ」

竜之進が大声で告げると、竹井はようやく夢から覚めたような面持ちで、ふぅっとため息をついた。

見送りにはだれも出てこない。

竜之進は旅支度を整え、玄関口で奥に向かって軽く頭を下げた。

出ていこうと門をくぐろうとしたとき、門のわきに、太吉が立っていた。手に野菜の束を抱えているところを見ると、父親から持っていくように頼まれたのだろう。

「あれ。おじちゃん……」

「おお、太吉か」

「出ていくのか。そうだね、猿に負けちゃったもんな。あれじゃあ恰好がつかないよね」

太吉はもののわかったような口ぶりで言った。

「まあ、そういうことだな。ところで太吉、訊きたいことがあるのだがな」

「なんだい」

「あの美代という姉さんは、おまえにもやさしくしてくれるかい？」

「美代さまかい……おいらには、ほとんど口なんて利《き》いてくれないよ」

「そうか」

「でもね、おいら、知ってるんだ」

太吉は鼻をひくつかせて言った。

「なにをだ？」

「おじちゃん、ちょっと耳を貸してくれよ」

太吉はいたずらっぽく瞳を輝かせると、竜之進の耳に口を寄せて、小声でこう言ったのだった。

「あの姉さんはね、ずいぶん甘ったれだよ。夜は怖いもんだから、竹井さまの布団にもぐりこんで寝てるんだから……」

四

望月竜之進は、川越城下に来ていた。

川越の町は全体に活気があふれている。石高は六万石。藩主は知恵伊豆《ちえいず》の異名を取り、幕府の老中をも勤める松平伊豆守信綱《まつだいらいずのかみのぶつな》である。

松平伊豆守は武州忍藩《おしはん》から転封後、大がかりな城下の整備に着手し、ちょうどこのころには江戸とを結ぶ新河岸川《しんがしがわ》の開設事業も終了した。このため、舟便がさかんに行き来するようになり、同時に川越街道の往来も活発になった。

そうした繁栄の気配は、城下を歩く人々の顔にも感じられる。

川越の名所に喜多院《きたいん》がある。ここが名刹《めいさつ》として知られるようになったのは、家康の信任が厚かった天海僧正《てんかいそうじょう》が院主としてやってきてからである。寛永《かんえい》十五年（一六三八）には、いったん大火によって焼失するがすぐに再建され、江戸城紅葉山《もみじやま》の建築物もここに移築されたりした。

しかも喜多院の南には家康を祀《まつ》る東照宮《とうしょうぐう》もある。家康の遺骸《いがい》が久能山《くのうざん》から日光へ移送されるおり、ここ喜多院にも四日ほど逗留《とうりゅう》した。このとき天海僧正によって大法要がおこなわれたのである。

望月竜之進は、その喜多院の裏手を歩き、藩の重役である竹井頼母《たのも》の屋敷を訪ねた。頼母は竹井長右衛門の嫡男《ちゃくなん》であった。

およそ二千坪はあろうかと思える広大な屋敷だった。

昼ごろに訪いを入れたが、頼母は城に出向いていて留守ということだった。

頼母が屋敷に戻ってきたのはすでに七つ（およそ午後四時）過ぎ。

「お父上のことでご相談がござる」

と言って門番に取次ぎを頼むと、しばらく待たされたあと、屋敷内に入れてもらえた。

竜之進の前に現れた竹井頼母は、父ときわめてよく似た風貌である。

「父のことでなにかお話があるとか？」

尋《たず》ねた口ぶりは、生真面目《きまじめ》そうで、かつ落ち着きも感じられる。重役としてもかなり有能であろうと推察できた。

「じつは竹井さまのお屋敷におられる美代さまは、頼母どののお妹ぎみでござるか」

竜之進は単刀直入に訊いた。もしかしたら一刻を争うかもしれないと思い始めていたのである。

「ああ、あれでござるか」

美代の名を出すと、頼母の顔が見る見るうちに曇《くも》った。

「あれは、妹などではござらぬ。おやじの愛妾《あいしょう》でござる」

「やはり」

「もともと町方の女で、この屋敷に奉公にまいったのでござるが、タチのよくないおなごで、中間をたらしこんだりはしょっちゅうのことであった。しかも、あろうことか、父上までたぶらかされてしまわれたのじゃ」

「そうした素行《そこう》についてお父上は？」

「もちろん知っておられた。しかし、老いの迷いなのか、すべて承知のうえであの女と暮らしたいと申されてな。さすがに若すぎる妾と暮らすのは、近在の百姓たちの手前、恥ずかしいらしく、娘といつわっておられるのだが」

色香とか魔性とかいった言葉は、本人もなかば自覚したうえで出た言葉であったのだろう、と竜之進は思った。

「わたしなどがあまりに口うるさく言うものだから、父はついに出ていかれてしまったのだが……。して、その美代がなにかいたしたのであろうか」

「いや、じつは……」

竜之進は、一昨日からのできごとを手短に話した。どうやら、佐々木巌流の手紙にまつわる一件には、美代も関係しているのではないかという推測もまじえた。

「そのようなことが……。そうか、それはまずいな」

「まずい？」

「十日ほど前、城下で美代の兄を見かけたという者がおってな」

「美代の兄？」

「梅次という男なのだが、これが手に追えないほどの凶状《きょうじょう》持ちでな。数年前も人を殺したという嫌疑《けんぎ》をかけられたことがあったが、いつの間にか行方をくらしてしまった。その梅次が戻ってきたというから、なにか悪いことが起きなければいいのだがと心配しておったところでござった」

「なるほど。そういうことか」

竜之進は立ち上がった。

「どこへ行かれるか？」

「道場へ。いまごろはお父上に……」

竜之進は急いで竹井の屋敷を飛び出した。

この騒ぎの裏はあらかた見えた。敵の中心にいるのは、おそらく美代の兄の梅次という男であろう。そいつはおそらく顔を知られていることもあって、竹井道場のまわりには姿をあらわしてはいない。この梅次に加え、先日の猿との立ち合いのときに見かけた若い男と、五十がらみの浪人者が仲間なのにちがいない。さらに、こちらの状況を梅次に知らせているのが美代なのだ。

狙いはもちろん、あの広壮な道場を含む竹井長右衛門の財産である。旅から戻った梅次は、妹の美代と竹井が城下を離れて、鄙に広壮な道場を構えて住んでいるのを知った。

その話の折りに、道場に武蔵ゆかりの猿が飼われていることも聞いたのだろう。この猿を利用し、武蔵に遺恨を持つ佐々木巌流の倅なる男をでっち上げ、竹井殺害のための偽装にする計略をたくらんだのだ。その伏線として、連中は近在に武蔵の猿についての噂をばらまいたというわけだ……。

ただ一つ、あの手紙に色濃く漂っていた武蔵への遺恨の気配だけが竜之進には納得がいかなかったが、あとの推測には自信があった。

竜之進は走った。

すでに初夏の遅い陽《ひ》が、西の山の端に沈もうとしていた。

竜之進が道場に飛びこんですぐに見た光景は——。

後ろ手に太吉をかばい、剣を抜き放ったまま立ちつくす竹井長右衛門。

それを取り巻くように、青眼《せいがん》に構えた青白い侍——吉岡仁十郎と、長ドスを持ったふたりの若い男——梅次と与助。

さらに、猿の紐を摑んで、道場の隅にいる美代。

竜之進が無言のまま、いきなり道場の中へと躍りこむと、

「野郎。戻ってきやがったか」

「余計な手出しをすると、ぶった斬るぜ！」

たちどころに怒声が巻き起こった。

しかし、竜之進は言葉一つ返さず、真ん中の侍との間を詰めた。

竜之進は脇差も抜いて二刀の構えですり寄っていく。

その構えを見た吉岡仁十郎の頬に冷笑がにじんだ。

そのとき――。

竜之進は左手の脇差を、まるであらぬ方向へ向けて、突き刺すように放った。

二刀のうちの一刀が理不尽《りふじん》な捨てられかたをした。

吉岡仁十郎の気がどうしてもそちらに向けられる。

その刹那《せつな》。

いっきに距離を詰めた竜之進は、吉岡仁十郎が青眼から刀を肩口へ引き、斜めから振り下ろしてきたのを、すばやく足を左に送ってこの剣をやり過ごし、走り抜けながら刀の峰《みね》で手首を強く撃った。

吉岡仁十郎は呻《うめ》きながら刀を落とす。

そのとき竜之進はすでに梅次の前にいた。

「てめえ、この野郎っ」

梅次が無闇と刀を振り回す。

竜之進は突然、道場の床をすべるように倒れこみ、梅次の刀をかいくぐりながら、左足の向こう脛を峰で撃った。

「ぎゃっ」

と悲鳴をあげ、梅次が横に倒れかかる。

すばやくはね起きた竜之進は、その梅次の胴に一太刀加えると、すぐさま与助の方へぶつかるように突進した。

与助はまったく動けないでいる。

竜之進のあまりに速い動きに、目がついていかないらしかった。

「ひっ」

と与助は声を上げ、長ドスを前にゆっくりと突き出す。

しかし、その長ドスは竜之進の刀ではね上げられ、さらに竜之進の足蹴りが腹に炸裂《さくれつ》すると、与助は道場の壁にふっ飛び、頭を打って、気絶した。

突然、道場内にカン高い声が響き渡った。

「猿っ。この前のように、あの侍をやっつけておしまいっ！」

竜之進は声のしたほうを見た。

まるで夜叉《やしゃ》のような顔に変わった美代が叫んでいた。

そして――。

ツツっと動き出していたのは、二天一流の猿であった。

両手にはこの前と同様、木刀が握られている。

「キキーッ」

と猿が歯を剥いた。目に凶暴な輝きすらあった。

竜之進はなんのためらいもなく猿に向かって前進した。

猿もまた、ピョンと飛ぶように一歩、前に踏み出すと、そこから大きく宙に舞った。あのときとまったく同じように。

しかし、竜之進は振り下ろされた木刀を軽く叩くと、左手で苦もなく猿の首ねっこを摑み、軽く払いのけるようにした。

「ウキーッ」

猿は道場の床に叩きつけられていた。

その猿を睨みつけ、竜之進が刀に素振りをくれた。

ひゅうん。

と刃が唸《うな》った。

その音に、猿は凄まじい悲鳴を上げ、道場から逃げ去っていく。

「あんちゃん！」

もう一度、美代の声がした。

倒れた梅次にすがりついている。

竜之進は少し息をはずませながら、ゆっくりと美代に声をかけた。

「安心いたせ。峰打ちだ。あばらの二、三本は折れただろうが、命に別状はあるまい」

床にへたりこんでいた吉岡仁十郎が、忌《い》ま忌《い》ましげにこう言うのが聞こえてきた。

「きさまの剣も策略の剣だっ。武蔵の剣によう似ておるわ……」

竹井頼母が、屋敷の者十数人を連れて駆けつけてきたのは、それからしばらくしてからだった。

やがて、その屋敷の者たちは、倒れていた三人をひったてて、城下へ戻っていった。おそらく三人は町奉行の手に渡されることになるのだろう。

いま、母屋の座敷にいるのは、竜之進と竹井長右衛門・頼母の父子、そして美代の四人だけである。美代もまた兄たちとともに連れていかれるはずだったのだが、問うべきことがあるとしてそれをとどめたのは、竹井長右衛門であった。

「そうか。筋書きを書いたのは、すべてその吉岡仁十郎であったというのだな」

と、竹井長右衛門が言った。

美代は真偽《しんぎ》は別として、とりあえずこのたびの計画の一切合切《いっさいがっさい》を語った。

旅先で梅次と知り合ったというあの浪人者が、一時期、京都で隆盛を誇った吉岡清十郎の血筋だったとは、竜之進にも驚きだった。佐々木巌流の倅を偽《いつわ》ったのも、なんのことはない、おのれの恨みを投影したのだろう。竜之進は、あの手紙に込められた怨念の気配を納得した。

「はい。わたくしはお殿さまを亡き者にするのは嫌だと反対したのでございますが」

と、美代が消え入りそうな声で言った。

猿をけしかけたときの夜叉のような顔を思い出すと、竜之進にはとても美代の言うことは信じられない。竜之進が言い出した猿との決闘に反対したことや、竹井長右衛門の妬心をかきたてて竜之進を追い払おうとしたことから考えても、美代は大きな役割を果たしているはずなのである。

その思いは竹井頼母も同じらしく、苦々しげに美代を横目で見ている。

しかし、竹井長右衛門は、

「よし。わしはそなたを信じよう」

と大きな声で言った。

「だれがなんと言おうとも、わしはそなたを最後まで信じよう」

竜之進は思わずポカンと口をあけた。

頼母を見ると、露骨《ろこつ》に顔をしかめている。

そんなふたりの表情をよそに、竹井長右衛門はつづけた。

「だいたいが、わしが死んだら、この道場も手元の金もそっくり美代に残してやるつもりでおったのじゃ。あのようなことなどせぬでも、ちゃんとお前らが望むようなかたちになったのじゃ」

美代は殊勝《しゆしよう》げにうつむいて聞いているが、心の中では舌を出していないとも限らない。

「のう、美代」

「…………」

「そなたはわしの死ぬのを待っておればいいのだ。気長にな」

どうやら、竹井長右衛門はすっかり美代を許してしまったらしい。

その老いた顔には、いたずら盛りの孫を眺めるときのような、やさしげな笑みさえ戻ってきているではないか。

夜は深々と更《ふ》けつつある。

竜之進はどうにも馬鹿らしくて、何度もあくびを押し殺すばかりだった……。


見はるかす朝の景色は、一足早い真夏の気配に満ちている。陽射しは強く、まもなく大気も汗ばむほどに熱してくるだろう。遠くの山の上にかかった雲も、青い空の中でくっきりと縁取られている。

竜之進はひととおり景色を眺めた視線を後ろに戻した。

竹井道場の玄関口には、竹井長右衛門とその内妻の美代が見送りに出てきている。

「望月どの。世話になったのう」

「いやいや、世話などは……」

美代が俯きながら近づいてきて、握り飯の入った包みを手渡してくれた。

「心配なさるな。毒などは入っておらぬぞ」

竹井が機嫌よさそうにそう言うと、美代は、

「まっ、ひどい」

と、顔を赤らめた。

竜之進は返す言葉も見つからず、ただ困ったような顔をしている。

――男女の道は、剣の道よりもずっと複雑怪奇……。

はじめて思い知ったわけではないが、竜之進は胸のうちで、どちらかというと苦手なその世界における教訓を思い起こした。

別れの挨拶《あいさつ》をし、一歩、踏み出したとき、竹井が後ろから声をかけた。

「竜之進どの」

「はあ」

「わざと猿に負けて敵をおびき寄せるなど、とてもわしなどには考えもつかぬこと。その機略《きりやく》には感服つかまつった。じゃがのう、そのようなことをしておったら、とても門弟を増やすことなどできぬのではあるまいかの。いやいや、わしがそのようなことを言えた義理ではござらぬのだが」

竜之進はうなずき、素直に、

「ご忠告、ありがたく肝《きも》に命じます」

と答えた。

ふたりに見送られて門を出ると、ちょうど猿を引きながらやってきた太吉に出会った。

「やっ、太吉。その猿は……」

「うん。逃げたくせに、このあたりでうろうろしてたから、また引っ張ってきたんだ」

猿は竜之進を見ると、おどおどしたように太吉の後ろに回った。

竜之進は笑いながら、

「そうか。また、飼ってやるか」

「そのつもりさ。おじちゃん。もう出ていくのかい」

「ああ、太吉にも世話になったのう」

竜之進はそう言って歩き出した。

後ろからかわいい声が追いかけてくる。

「おじちゃん。おれ、夕べの立ち合いをしっかりこの目で見たよ。強かったよねえ」

太吉は嬉しそうに叫んでいる。少年に称賛《しようさん》されるというのは、くすぐったく、じつに心地よい。

「おれ、三社流のこと、どんどんふれ回るよ。お弟子がいっぱい集まるように」

「ほう。そいつはすまんのう。うまいこと言ってくれよ」

「もちろんだよ。おいら、ちゃんとこう言ってまわるよ。猿より強い三社流ってね」

「…………」

望月竜之進が川越界隈《かいわい》に三社流を広めるのは、ずいぶんと難しそうであった。

第二話　正雪の虎

一

燃え上がるような紅葉に覆《おお》われた険《けわ》しい山道を、その侍は早足で、しかし息一つ切らさず、登ってきた。山道というよりは獣道《けものみち》だろう。そういえば侍の足取りも、人間離れした剽悍《ひょうかん》さを感じさせた。

ただし、それは身のこなしに限ってのことである。歳の頃は三十ほどと思えるその侍の表情には、物見遊山《ものみゆさん》にでも来たような気楽な気配があった。

ここは、駿河《するが》というよりは甲斐《かい》に近いほどの、山また山が続く奥地である。こんな山の中にいったいなにがあるというのか。出会うとしたら、猛烈に腹をすかした熊ぐらいのものではないのか。

だが、侍に熊など恐れる気持ちはまるでないらしく、たいそう暢気な顔つきで、歩きつづけていた。

陽が山の端《は》に沈みかけた頃——。

ふいに森が途切《とぎ》れた。そこには、一町歩ほどの台地がひらけていた。しかも、五軒ほどの杣《そま》小屋のような家もあった。

「おお、着いた、着いた」

侍は嬉しそうに笑った。下がり気味の眉がさらに八の字のかたちを描き、この侍の人のよさをうかがわせた。

だが、すぐ次の瞬間、侍はふいに、腰の刀に手をやり、全身に緊張をあらわにした。

——なんだ、これは……。

近くに異様な気配があった。侍がこれまで一度も感じたことがない、不思議な、だが圧倒的な気配だった。

幽鬼《ゆうき》のようでもあった。人外化身《じんがいけしん》かもしれなかった。侍はそうした存在をまるで信じていなかったが、そうとしかいいようのない存在が近くにいるはずだった。

すばやく周囲に視線を走らせた。赤や黄色の斑《まだら》模様のほかには、なにも見えなかった。だが、侍は風の中にかすかな血の匂いを嗅《か》ぎとっていた。

侍は刀に手をそえたまま、微動だにせず、立ちつくしていた。

額の冷や汗が集まって、ぽたりと地に落ちるほどの時が流れた。

ざわざわっ……。

と、風が動いた。侍の視界のはしで、落ち葉の群れがつむじ風のように樹間を去っていくのがわかった。

侍はそれでもしばらくのあいだ、身動きをひかえていたが、冷や汗が乾く頃になって、ようやく緊張をとき、

「なんだぁ、いまのは……？」

と、意外にのんびりした声で言った。


「どなたもおられぬのかのう……？」

侍はいちばん手前の家の中を窓からのぞきこみ、それから五軒の家すべてに聞こえるほどの声でそう言った。

集落は静まりかえっている。

しわぶき一つ聞こえない。

侍はもう一度、大声を出した。

「この集落に、青山小十郎《あおやまこじゅうろう》といわれる方がおられるはずなのだがのう」

そう言ったとき、いちばんはずれの家で、

「誰だっ？」

と声がした。若い女の声であった。

「おう、人がいたか。わしは望月竜之進と申す旅の武芸者だが、ここに亡父の友人である青山小十郎どのが……」

「早く、来いっ。大声を出さずに、さっさとここへ！」

望月竜之進と名乗った侍は、その叱声《しっせい》にうながされ、いちばんはずれの家に向かった。

わずかに開けられた戸のあいだからもぐりこむように中に入ると、

「お前は、助けの者ではないのか？」

声をかけた娘が、乱暴な口調で不審気《ふしんげ》に訊《き》いた。

「助け？　なんの助けだ？」

娘は問いには答えず、家の奥に目をやった。家とはいっても、土間の向こうに六畳分ほどの板の間があるだけだが、奥には怯《おび》えた目つきでこちらを見ている者がいた。老婆《ろうば》とまだ五、六歳ほどの幼女だった。

娘は声を落として言った。

「今朝早く、二人が助けを求めて、ここから里に向かった。お前、ここへくる途中、会わなかったか？」

「いや、誰にも。ただ……」

「ただ、なんだっ？」

「ここから二、三町ほど下の崖ぎわに、着物の切れっぱしのようなものがひっかかっていたのは見た」

「着物の切れっぱし？　何色だった？」

「草色だったな」

「ああっ、おキクさんだ……」

娘が小さく呻いた。

「なにがあったのだ、この集落で？」

「虎だ。虎が暴《あば》れて、人を食いつづけている」

「虎だと……！」

望月竜之進が思わず声を大きくすると、奥で幼女が「ひっ」と恐怖の叫びを上げた。

いうまでもなく、この国の山野に虎は棲息《せいそく》していない。ただし、この国に虎が来たことがなかったわけではない。宇多《うだ》天皇の御世の寛平《かんぴょう》二年(八九〇年)や、豊臣秀吉《とよとみひでよし》が朝鮮を攻めた文禄《ぶんろく》の役《えき》のときにも、現地で捕らえられた虎が数頭、来日した。だがまもなく死去しており、日本で子孫を増やしたという記録はない。

「馬鹿なことをいうな。熊かなにかと間違えておるのだろう」

「そうじゃねえ。あれは、虎なんだ……」

娘はうつろな目を小さく開けた窓の外に向けながら、にわかには信じがたい話をはじめた。

――その虎は、いったいどのようにしてわが国にやってきたのだろうか。発見されたときは、生後半年ほどの仔虎だったという。

発見される寸前まで、母親の牝虎といっしょであったことは間違いない。というのも、未熟ではあったが、この仔虎はすでに獲物を狩《か》るすべを体得《たいとく》していたからである。仔虎は母から、獲物を倒し、肉を貪《むさぼ》り食らうことを学ぶのだ。

つがいで入ってきたのか、あるいは仔を宿した牝虎だけが入ってきたのか。だが、親らしき虎は、死骸《しがい》さえも見つからなかった。

この虎は、インド虎やジャワ虎など南方系の虎ではなかっただろう。北方に棲息するシベリア虎だった可能性が高い。というのも、その後七年ものあいだ、日本の厳しい冬を生き延びることができたからである。

では、親虎がどこから来たかだが、北方系の虎であったとすると、オランダ船から出島《でじま》経由で来たとは考えにくい。第一、出島を出るには人目につくし、出島に虎が入ったという記録もない。

それよりも可能性が高いのは、対馬《つしま》から瀬戸内《せとうち》の海を通り、大坂から東海道を東上する朝鮮通信使の一行に混じっていたのではという推測である。寛永二十年（一六四三年）に朝鮮通信使の一行が来日しており、もしもこの一行が、将軍に献上するつもりか、あるいはどこぞの雄藩《ゆうはん》の藩主にでも頼まれたかして牝虎を運んでいたとしたら、この虎の生年とほぼ合致《がっち》する。それがなんらかの事故でこの山野に逃亡したのかもしれない。しかし、それも正式の記録にはない。

最初の発見者は、この集落の猟師の五兵衛《ごへえ》だった。五兵衛は、

「大柄の猫かと思った」

という。まさか虎がこの国の山に棲息しているとは思わない。

「おらはおなごより生き物のほうがかわいい」

つねづねそう言っていた五兵衛だから、これを飼い育ててみたくなった。ところが、すぐに不気味な気配を感じるようになった。身体から発する凶暴さが、猫とは桁違《けたちが》いだったからである。

そして、この「大柄の猫」が自分より大きな、五兵衛がかわいがっていた犬の喉元《のどもと》を食い破ったのを見て、ようやく、

「始末しなければ」

と決心した。

だが、この五兵衛の決心をなだめた者がいた。ちょうどこの頃、この集落に住みついた青山小十郎という侍だった。

青山小十郎はこう言ったのである。

「これはおそらく、虎だ。明国《みんこく》や朝鮮の山中に住む凶暴な獣でな」

この頃すでに、明は清《しん》に替わっていたが、青山はともあれこの獣を虎と知りつつ、

「珍しい獣だから、わしがしばらく飼ってみることにしよう」

と言った。

青山小十郎はそれから七年ものあいだ、この虎を飼いつづけた。もっとも腐心《ふしん》

したのは餌《えさ》を与えることだったが、幸いこの山の近辺には鹿や野うさぎ、鳥なども多く、弓の達人でもあった青山は、これらを仕留めてきては頑丈な檻《おり》に閉じ込めた虎に、餌を与えつづけた。しかも一年ほど前から、なにやら、虎を育てることを支援する者もあらわれたらしかった。

しかし――。

青山小十郎はつい十日ほど前、突然、この虎を始末すると言い出した。五兵衛の驚きも無視し、檻を開け放つと、虎を斬り殺そうとした。その青山の剣よりも、虎の反撃は俊敏だった。

虎は、青山と五兵衛の喉元を食い破り、内臓などを食ったあと、山中へ逃亡した。

こうして、人肉の味を覚えた虎が野に放たれたのであった。

「青山どののほどのお方が……」

望月竜之進はやはり武芸者だった亡父から、しばしば青山小十郎の剣の見事さを聞かされていた。「豪剣ではないが、どんな姿勢からも剣を繰《く》り出す精妙な剣……」と、亡父は褒《ほ》めそやしていたものだった。

ただ、人嫌いのところがあり、この十年ほどは奥山に籠もって、ひたすら剣と禅の修養に励《はげ》んでいるとのことであった。竜之進がこの集落を訪れたのも、ぜひ一太刀なりとも教授してもらおうと思ったからである。

「ふん。なにが、ほどのお方だっ。こんな山奥で剣を振り回し、あげくの果ては虎に食われやがって……」

「もしや、そなたは？」

「その馬鹿な剣術つかいの娘だ。楓《かえで》という」

「そうであったか……」

望月竜之進はあらためて、その楓の顔をよく見た。歳のころは、十七、八といったところだろう。輝く目と、小さな顎《あご》を持った美しい娘だった。

「母御は……？」

「おらが赤子のころ、死んだそうだ」

「そうか……」

娘の今後の身のふり方も気になったが、いまはまず、その虎のことが気がかりだ。

「それで、人の肉の味を覚えた虎が、この集落の者を襲い始めたというわけか」

「ああ……」

「何人、やられたのだ？」

「おやじと五兵衛がやられたあと、すぐに猟師の二人が鉄砲を持って後を追った。だが、何日待っても、帰ってこなかった……」

「鉄砲があったのにか……」

「二日前には、おサヨさんが、ちょっと外に出た隙《すき》を襲われた。これで、十人いたこの集落の人間は、七十の爺サマと女子どもの五人だけになった。それで今朝、爺サマとおキクさんが里に助けを呼ぶため、ここを出ていった。おらは、婆サマと子どもの面倒を見るため、ここに残った……もう、終わりだっ」

楓は手を頭に当ててうつむいた。

その楓のようすに、奥にいた老婆や幼女がすすり泣きを始めた。

「泣くな……」

と、竜之進は奥の二人に向かって言った。

「わしが来たからには大丈夫だ。必ず、助けてやるぞ」

だが、すすり泣きはやまず、楓もまた、小さく開けた窓から、すっかり濃くなった外の闇を、憎しみのこもった目で睨み続けるだけだった。

「とりあえず、この家の中におれば大丈夫だろう。それと囲炉裏《いろり》に薪《まき》をもっとくべろ。獣は火を嫌がるはずだ」

竜之進が指示すると、老婆があわてて薪を追加した。

「明日、陽が昇ってからだな。それよりも、わしはひどく腹が減っている。なにか食い物はないかのう」

「そこらのものをなんでも食ってくれ。煮炊きする気にはなれねえだ」

楓が指さしたあたりには、栗や大根、柿の実やあけびなどが多量に転がっていた。どうやら食料だけは確保できているらしい。

ひと通り腹に入れて満足すると、竜之進は板の間に上がり、囲炉裏のそばに横になった。

「さあ、お前らも寝ろ。明日はだいぶ、歩かなければならんかもしれぬぞ」

竜之進はそう言って、目を閉じた。

この集落に入ったときに感じた不気味な気配のことを思い出したが、すぐに安らかな眠りへと落ちこんでいった。

二

翌朝、まだ陽は昇りきっていないが、鳥のさえずりがけたたましくなってきた頃――。

竜之進は一人、家の外に出た。

とりあえず、虎をこの目で確かめ、倒す方法を考慮するつもりだった。

歩き出そうとしたとき、後ろから声がかかった。楓だった。

「一人で勝てるわけがない。あの剣術馬鹿も軽くひねられたんだ」

「いや、まだ戦うつもりはない。正体を見極めるだけだ」

「襲ってくるぞ」

「いざとなれば走って逃げるさ」

竜之進がそう言うと、

「ふん」

と、楓は鼻でせせら笑った。笑いから察《さつ》するに虎という生き物はひどく速く走れるらしい。

だが、竜之進は足には自信があった。

「虎はかなり大きいのか？」

「見ればわかるさ。だが、見たときは、あんたは終わりだ」

「まあ、そう、悲観するようなことばかり言うな」

「ぷん」

楓はそっぽを向いた。振り向いた横顔は、乱暴な口ぶりに似合《にあ》わず、娘らしい。

「では、行ってくるぞ」

「戻ってこなくても探さないぞ」

「わかっておる」

竜之進は、今度は楓の正面の顔を見つめ、それから山道に分け入っていった。

歩きながら、望月竜之進は昔、絵草子で見た虎の姿を思い浮かべようとした。

たしか猫のような顔を持ち、馬のような身体で縞《しま》模様がある獣ではなかったか。

だが、どうにもはっきりしない、ぼんやりした記憶であった。

ただ、ほかに妙なことを思い出した。しばらく前に、どこかで誰かに虎という言葉を聞いたのである。

――はて、虎の話など、だれとしたのか……。

いくら考えても、どうにも思い出すことができなかった。

どこからか川の流れる音がした。空気も心なしかひんやりとしている。

登り道がなだらかになり、左に大きく曲がっている。その曲がり鼻のところが崖になっていた。

竜之進は崖の縁に立ち、川を見下ろした。ここらは大きな岩盤になっているらしく、岩肌を露出した切り立った崖とわかった。下までおよそ十間ほどか。澄《す》んで底まで透き通っているが、かなり深そうな流れが見えた。

ふと、左手でかすかな音がした。

竜之進は視線だけをすばやく横に這《は》わせ、静かに刀に手をかけた。

鹿だった。

竜之進が立っているあたりから五間ほど向こうで、藪《やぶ》に顔を突っ込み、草を食《は》んでいた。黒光りする毛と、逞《たくま》しい角を持った見とれるほどの牡鹿だった。

やがて、鹿と竜之進の目が合った。

――逃げるか……。

と思ったが、鹿は人を見るのが初めてであるのか、とくに怯えたようすもなく、穏やかな目でこちらを見ていた。

だが、ふいに鹿は落ち着きを失った。首を伸ばし、不安気にあたりをうかがうようなしぐさを見せた。

突然、鹿の左手から一陣の黄色い風が立った。凄《すさ》まじい突風だった。

風は木のあいだをうねるように吹き、身を翻《ひるがえ》そうとした鹿の首に襲いかかった。瞬間、鹿が鋭く鳴き、風がグオーッと吠えた。それが、初めて見た虎の姿だった。

竜之進は目を疑った。信じ難いほどの大きさだった。頭から尻までの長さはどう見ても二間（三・六メートル）を越えている。それが全身をうねらせるようにして、木のあいだを駆け抜け、大きく飛んで鹿の首根っこに食らいついたのである。機敏な鹿さえ身動きする間《ま》もなかった。

鹿は最初の衝撃で首の骨でも折ったらしい。真横に倒れるとぴくりとも動かなかった。その鹿に黄色い巨体が覆いかぶさるようにして、二度、三度と激しく牙《きば》を立て、どうだと言わんばかりに咆哮《ほうこう》した。

——これが虎か……。

竜之進は息を呑んだまま、動けなかった。

——青山小十郎どのが倒されたのも、これでは無理もない。こんな化け物をどうやって倒したらいいのだ。

いくら腕に覚えがあろうとも、一人がかりではとてもこのような巨獣は打ち倒すことはできまいと思われた。

「はっ……！」

竜之進の身体が硬直した。虎の目がこちらを見たのである。

目と目が合った。虎は鹿の肉を貪るのをやめ、低く唸りながら頭を上げた。ゆっくりと、頭の位置が高くなった。

竜之進は刀に手をかけた。突進してくる気配はない。しかし、その巨大な姿と、吊《つ》り上がった目の威力に、竜之進は完全に気圧《けお》されていた。

異様な力を感じる。いまは動きを止めたその力が、もう一度弾《はじ》けるときの、速さと破壊力が、その黄色い巨体からまじまじとうかがうことができた。

——これはいかん……。

竜之進はおのれの剣に虚《むな》しささえ覚えた。

ふと虎の身体に動く気配が宿った。肩のあたりの肉が、ググッと盛り上がった。

——駄目だ……！。

竜之進は右に飛んでいた。崖から身を躍らせたのである。川に向かって落下しながら、竜之進は恐怖のあまり、思わず叫び声を張り上げていた。

流れはそれほど速くはなかったが、竜之進をたしかに下流へと運んでいた。それでも、頭上からあの虎が降ってくるようで、竜之進は気が気でなかった。

川はしばらく流れると右に少しずつ曲がりはじめ、やがて川底が浅くなってきた。岩がごろごろ転がっているあたりで、竜之進は川から上がった。気のせいとはわかっていても、まだ上流に嫌な気配を感じた。

竜之進は山並みのかたちを眺め、集落の位置の見当をつけると、歩き出した。火を起こし、濡れた着物を乾かしたかったが、そんなことをしている場合ではなかった。

——あんな化け物が相手では、楓たちを一刻も早く逃がさなければ……。

山中では方角を見失いがちになる。ようやく昨日歩いた道を見つけたときは、陽は中天《ちゅうてん》にかかっていた。途中、あけびの実を見つけたのでこれを食べ、松の葉を噛みながら、集落まで急いだ。

ようやく集落の入口まで辿り着いたとき、竜之進の足が止まった。楓たちの籠もっている家から、煙が上がり、粥《かゆ》を煮るような匂いが流れてきたからである。しかも、複数の男たちが話す声も聞こえてくるではないか。

——そうか。昨日、里へ向かったうちの一人がどうにか辿り着き、虎狩りのための人数を集めてきてくれたのか……。

竜之進はほっとして、走り込むように家に入った。

しかし、竜之進の想像は外《はず》れた。

中にいたのは、武士ばかり三人だった。しかも、竜之進が飛び込むと、武士たちは飛び上がるようにして、それぞれ刀に手をかけ、

「討《う》っ手《て》か！」

と叫んだ。

竜之進は突然の殺気に、思わず身を戸外に戻し、刀に手をかけながら、

「そのほうたちこそ、なんだ。虎狩りに来たのではないのか」

と訊いた。

答えはなかった。

しばらくして、ひとりの武士がゆっくりと外に出てきた。上背のある、目つき

の鋭い男だった。

「虎狩りだと？　わしらはゆずり受けることになっていた虎を受け取りに参ったのだ」

「虎を受け取りに？　楓。それは本当か？」

竜之進は家の中の楓に声をかけた。

楓が中の男たちのあいだをすりぬけるようにして、外へ出てきた。

「誰かに渡すことになっていたのは本当だ。ときどき来ていた男は、この中にはいないけどな。もっとも、あの男の顔は二度と見たくねえと思ってたから、来なくてよかった」

「小娘、なにをぬかす」

「ふん」

男は楓の口の悪さにあっけに取られたようだった。

「あの虎は逃げたぞ」

と竜之進が言った。

「それは聞いた。なに、このあたりをうろついているというから、生け捕りにしてやる」

「生け捕りにだと。おぬし、あの虎を見たのか」

「いいや、まだだ。しかし、われら三人がかりで生け捕りにできぬわけはあるまい」

竜之進は苦笑し、楓に向かって言った。

「楓。虎と出会ったぞ」

「よく無事だったな」

「すぐさま崖から川へ飛び込んで逃げた。それでほれ、このざまよ」

着物や袴《はかま》はまだ湿っていた。

竜之進のようすを鼻でせせら笑うようにして眺めて、男は言った。

「まあ、中へ入って飯でも食え。虎のことはわしらにまかせておくがいい」

竜之進は男に促されて、家の中に入った。

奥にいた髪の薄い四十がらみの侍が声をかけてきたのは、腰を下ろしてすぐのことであった。

「おぬし、たしか神田《かんだ》で道場をしておった望月竜之進と申したな……」

三

その男のことはすぐに思い出した。

今年の春頃だった。竜之進の道場へ突然やってきて、出張教授を頼まれたのだ。浪人者たちに、ひと月ほどみっちり稽古をつけてくれという依頼だった。その際、どこの誰とも名乗らなかった。ただ、示した礼金が多額だったので、竜之進はよく覚えていた。結局、毎日、泊まり込みで教授するという条件が無理で、断わらざるをえなかったのだが。

そして、もう一つ思い出した。

——虎の話はこの男から聞いたのだ……。

男はこう言ったのである。

「道場の窓から見ていて剣さばきも気に入ったが、おぬしの名も気に入った。竜之進はいい。虎はすでに手中にしたので、竜が加われば竜虎となって無敵だ」

なにやら不逞《ふてい》な物言いも、竜之進はうさん臭く感じたものである。

「今田《いまだ》。知っておるのか、この男を」

「ああ。神田で小さな道場をやっている望月竜之進といわれる人物だ。一度、われらの剣術教授を頼みにいったのだが、残念ながら断わられた」

「ほお、流派は？」

「三社流といって、足さばきの見事な面白い剣だった」

「三社流？　聞かぬ名だな。流祖は？」

問われて、竜之進は面倒そうに答えた。

「流祖か。流祖は菅原道真《すがわらみちざね》。身体より頭のほうを多く使うのでな」

そう言うと、相手はムッとした。

「おぬし、あまりふざけないほうがいいぞ。われらはいささか気が立っておるのでな」

望月竜之進の三社流は、どの流派の流れを汲《く》むというものではない。基本は亡父に教えられたが、自らが編《あ》み出した新しい流派である。実戦を重視し、常に三人を相手にして習練を重ねた剣だった。だから、三社流とはすなわち三者流なのだが、多少とも威厳をもたせるために、三つの神社に願《がん》をかけたからと称することもあったのである。

「大島《おおしま》。あの虎を、どうやって生け捕りにする？」

今田と呼ばれた髪の薄い男が、とりなすように上背のある男に言った。

すると、先ほどからニヤニヤ笑いながら楓の横顔を眺めていた髭面《ひげづら》の男が、

「檻はないのか？」

と、楓に訊いた。

「あるが、それがどうした？」

「かわいい顔して、ずいぶんとんがった娘だな。なあに、そこに餌をしかけてみたらどうかと思ってな」

「おお、木村《きむら》にしてはいい考えだ」

今田が言った。

「よし。その檻を見てみるか」

男たちは立ち上がった。

「おぬしも手伝え」

大島が竜之進を振り返って言った。

「御免だな、生け捕りなど無理だ」

「なんだ、おぬし。剣術の師匠のくせにおじけづいたか」

大島はそう言うと、高らかな笑い声を残して出ていった。

――あのときの依頼は、あいつらに剣を教えることだったのか……。

と竜之進は思った。しかし、あの三人は、立ち合ってみなければわからないが、ある程度はつかえそうな者ばかりだった。とくに、大島という男の身のこなしは、相当できるだろうと思わせるものだった。

――では、あいつらの仲間はもっと大勢いるのだろうか？。

竜之進はなんとなく、あの男たちに不穏な匂いを感じ始めていた。

「楓。父御のところへ来ていたというのは侍か？」

と竜之進が訊いた。

「知るもんか。髷《まげ》は結ってなかった。総髪《そうはつ》をこうパラッと垂《た》らした気色悪い男だったぞ」

「どういう知り合いだ？」

「同じ在郷の生まれだと言ってたな。江戸にいるとき何度か会ってたらしい。ここには、一年前に訪ねてきたのが初めてだった」

「その男の名は？」

「知らぬ。馬鹿の友だちだから大馬鹿と呼んでいたわい」

あまりの言いぐさに、竜之進も苦笑するしかない。

「父御の在郷というのはどこだ？」

「駿府《すんぷ》から少し東に行った由比《ゆい》というところだ」

「由比だと……」

竜之進の顔色が変わった。

「そういえば……」

と、楓は思い出したらしい。

「名は正雪《しょうせつ》とか言っていたな」

「由井、正雪……！」

この夏、江戸市中を震撼させた男である。

いわゆる慶安《けいあん》事件の首謀者である由井正雪は、数千ともいわれる浪人者を集め、駿府城を乗っ取り、幕府を転覆《てんぷく》しようと計《はか》った。決行の日は七月二十九日と決まり、正雪は七月二十二日に一足先に江戸を出発した。

江戸では丸橋忠弥《まるはしちゅうや》を中心にした一味が江戸の各地に火を放ち、騒乱に乗じて将軍を拉致《らち》し、駿府城へ連れてくる手筈《てはず》だった。

同時に、京都、大坂でも反乱の火の手を上げ、日本中を動乱の中に叩き込もうという途方もない計画であった。

だが、江戸に密告者が出て、計画はあえなく発覚。幕府の追っ手がすでに駿府へ到着していた正雪らを取り囲み、自害へと追いやったのである。

なんとも無謀な計画であったが、その背後には浪人たちの不平や鬱屈がひそんでおり、たまさか発覚したこの計画に幕府の中枢も震撼《しんかん》したのだった。

――もしかしたら正雪は……。

と竜之進は推測する。

――あの虎を江戸に放ち、市中を大混乱に陥れようというつもりだったのではないか。そして奴らも、計画が頓挫《とんざ》した意趣《いしゅ》返しに――。

竜之進の脳裏《のうり》に、江戸の町を疾駆《しっく》し、屋根の上で咆哮する虎の姿が浮かんだ。

いったいどれほど犠牲者を出すことだろうか。

「楓。父御が虎を始末しようとしたのは、十日ほど前と言ったな？」

「ああ」

「その日、なにがあったのだ？」

「知らぬ。ただ、用事があって、駿府に出かけていき、帰ってくるとなんだか機嫌が悪く、急に虎を始末すると言いだしたんだ」

おそらく青山小十郎はそのとき初めて正雪の陰謀と、まだ残党が逃げていることを知り、この虎を始末しようと思ったのだろう。

竜之進は立ち上がって、窓の外を見た。

「さて、奴らはどんな具合かのう」

三人組は檻のまわりに立ち、なにやら相談でもしているようである。

「あいつら、虎を捕まえたとしても、どうやって運んでいくつもりなんだろう」

と、楓が竜之進の後ろからのぞき込むようにして言った。

「おおかた、首に縄をつけて、引っ張っていくつもりなのさ」

「見ものだな」

楓の声には笑いが含まれている。

そうこうするうち、三人の男たちは相談がまとまったらしく戻ってきた。

「檻に罠《わな》を仕掛けるのはやめた」

と今田がいった。

「どうしてだ」

「檻に入れてもまたふん縛るのに手間がいるわ」

「ほお、そこまでは考えが至ったか」

竜之進がからかうような口調で言うと、今田はじろりと睨み、

「この真ん前に罠を仕掛けることにした。縄はないか」

と楓に訊いた。

ついで、髭の木村が熊のように広い肩を丸め、

「おい、虎をおびき寄せる餌にするから、食い物をもらうぞ」

いちおうは断わって、粥の残りや栗、あけびなども持ち出していく。

その後ろ姿をのんびりした顔で眺めながら、竜之進は楓に訊いた。

「楓。虎は栗やあけびも食うのか？」

「そんなもの食ってあれだけでかくなるなら、おらの背はいまごろ杉の木ほどはある」

「楓。そなた面白いのう」

「ふん」

楓は照れたようにそっぽを向いた。

竜之進は外に出て、罠を仕掛けている今田に話しかけた。

「こんな罠で、虎を捕らえられると思うか」

広場の真ん中に粥の鍋やら、栗やあけびなどが置いてある。そのあたりに、縄

でつくられた輪の罠が数本。虎がこの上に足を入れたとき、この縄を引こうという魂胆らしい。

「かかるさ。その虎は二間を越すほどの大きさだといったな。図体が大きいほど動きは鈍い。人でも獣でも同じことよ」

今田の視線の向こうには、縄を手にして木の陰に立っている髭の木村があった。

「おぬし、道場は繁盛しておるのか」

今度は今田が竜之進に訊いた。

「いやあ、弟子たちはひとりふたりと逃げ出して、もうほとんど残っておらんよ。いまでは、浪人の身の上と変わりはない」

竜之進が編み出した三社流はきわめて厳しい鍛練を課すものだった。深夜、悪天候、足場の悪い場所などの悪条件下でも、呵責《かしやく》のない習練が重ねられる。こうした破天荒《はてんこう》な習練に弟子たちは逃げ出していったため、竜之進は諸国行脚を余儀なくされていたのである。

もっとも、江戸で道場の経営にあくせくするよりは、旅の空の下にいるほうがずっと気楽なのだが。

「仕官の望みはないのか」

「ないなあ」

「嘘をつけ」

「嘘ではない。そもそも仕官をしたことがないから、思ったこともないのだ」

「おぬしは藩がつぶれて浪人した身の辛《つら》さを知らぬ。武も才覚も、それを役立てる場と、認めてくれる人がなければ虚しいだけだ」

一瞬、今田の顔に辛そうなものがかすめていった。

「おぬし、それではあの虎には勝てぬな」

と竜之進は今田に言った。

「なんだと」

「虎は本来、わが国の山野には棲息しないものだ。おそらく、海の向こうからひそかに持ち込まれてきたのだろう。それがいま、見知らぬ山野でどうにか生きておるわ。そんな獣に、好んで檻に入りたがっている男が勝てるわけはないではないか」

今田はしばし、憎々しげに竜之進を睨んだが、すぐに気を取り直したらしく、広場のあたりを見て言った。

「よし、だいたいできたようだな」

今田はそれぞれの持ち場に着いた二人に声をかけながら、広場の中央に歩き出した。

そのときだった――。

左手の林の中から黄色い突風が出現した。まぎれもない虎である。虎は縄の端を持ってのんびり立っていた髭の木村の肩に両の手を乗せるように飛びつき、そのまま木村を押し倒した。あっという間のできごとだった。

「出たぞっ」

広場の真ん中にいた大島が叫んだ。

しかし、一歩も動こうとはしない。想像を遥《はる》かに越えた巨大さと、夢想だにしなかった素早さに度胆を抜かれたらしかった。

「わっ、わああ！」

押し倒された木村が、何度か絶叫した。

その声で夢から覚めたように、大島と今田がいっせいに虎へと突進していく。竜之進も後に続いた。四人が力を合わせるなら、この虎も倒せるかもしれないと、とっさに思った。

「殺すな、生け捕りにしろ！」

大島が叫んでいる。

「馬鹿を言え。四人で刀を突き立てるんだ」

竜之進が刃を突き出すように、大島や今田と並んだ。

男たちが居並ぶさまを見た虎は、わずかに後じさりすると、首を上げ、あたりを睥睨《へいげい》するように頭をめぐらせながら咆哮した。

その隙に、ようやく髭の木村が腰を浮かせ、這うようにして小屋の中へ逃げ込んだ。

「逃げるなっ。刃を突き出せ」

竜之進が叫んだが、木村は戻らない。

虎は凶暴な唸り声を上げながら、左右に激しく動いた。こちらの乱れをうかがっているようでもあった。

「引けっ、大島」

「おおっ」

二人も逃げ腰になっている。

「だめだっ。束にならねば、こいつには勝てぬぞ！」

竜之進は虎の動きに油断なく目をやりながら、男たちを叱咤《しった》したが、すでに戦意は失われたようだった。

最初に大島が身を翻した。

続いて、今田が背を向けようとしたとき、大きく宙を飛んだ虎が、今田の背を太い腕で横に払った。

「ターッ」

その横から竜之進が剣を振るった。

ガッという手ごたえがあったが、虎の腕を斬り落とすことはできない。

だが、虎は横っ飛びに身を翻し、激しく咆哮した。大砲でも炸裂《さくれつ》したような声だった。

「いまのうちに、入れっ！」

叫びながら、竜之進は倒れかけている今田を引きずるようにして、どうにか小屋へ転がりこんだ。

四

竜之進はしばらく窓から外をうかがっていた。虎の気配はない。ひとまず、どこかへ退散したらしかった。

「どうする？　やはり生け捕りにするか？」

と、竜之進はからかうような口ぶりで、へたりこんでいる男たちを見た。

今田は背に大怪我を負っていた。引っかき傷とは信じられないほど、肉をそがれ、包帯がわりに巻かれた腹巻にも血がべったり滲《にじ》んでいた。

「やめた。山を下りる……」

大島が皮肉な笑いを浮かべて言った。

「あの虎を倒してからにしろ。力を合わせればどうにかなるぞ」

と竜之進は言ったが、大島はそっぽを向いた。

そのとき、楓が横から口を出した。

「情けない奴らだな」

「なんだと」

呻いたのは髭の木村だった。

「なんだ、偉そうな髭など生やしてても、さっきは腰を抜かしたくせに」

「このアマ！」

木村は楓を摑もうとした。

だが、楓の動きは思いのほか素早く、木村の手をかわしながら髭だらけの頬を激しく打った。

「くそおっ」

木村が両手を広げ、抱え込むように突進する。楓もこれには逃げようがなく、仰向けに倒れた。着物のすそがめくれ、楓の白い素足が腿まであらわになった。

しかも、木村は、倒れ込みながら、楓の胸元をちぎるようにこじあけた。

竜之進が素早く動いた。

あっという間に刀を抜き放つと、木村の首筋に刃を押しつけていた。さすがに木村の動きも止まった。

楓の胸元が割れ、豊かな乳房が片方こぼれ出ていた。楓はさほど恥ずかしそうでもなく身づくろいをすると、

「正雪の子分だかなんだか知らないが、情けねえ男たちだな」

と憎まれ口をきいた。

「正雪の子分だと……」

男たちは沈黙し、嫌な目つきが交錯《こうさく》し合った。

楓も、まずいことを言ったことに気がついたらしく、逃れるように竜之進の後ろに回っていた。

しばらくして――。長身の大島が、

「さて、逃げ出すとしようか」

ゆっくりと立ち上がった。

同時に、今田と木村も立った。

その動きに油断なく目をやりながら、望月竜之進は言った。

「おぬしたちの考えていることはわかるぞ」

楓が竜之進の背中を離れ、奥の板の間に行って、婆サマと小娘を抱きすくめるのがわかった。

「ほう、そうかな」

「正雪の一味と知られてしまったから、口封じをしなければならない。ついでに、われらを虎の餌にすれば、虎は満腹になって、おぬしたちが逃げるためのときも稼げる。どうだ、図星だろう」

「なるほどな、それもいい考えだ……」

大島が酷薄そうな笑《え》みを浮かべた。

「だが、おまえたちも逃げられぬ。今田は怪我をしておる。虎は、血の匂いを嗅ぎつけ、どこまでも追っていくぞ」

竜之進がそう言うと、今田は、

「うっ……」

と呻いた。

大島と木村は思わず今田の足元に目をやった。そこには、背中から滲んだ血の滴《したた》りがあった。

「まず、虎を倒してからだ。それから、わしらをどうにかすればいいではないか」

と、竜之進が言った。

「それはどうかな……」

大島がそう言ったと同時に、思わぬ行動に出た。刀を抜き放ったかと思うと、振り向きざま、今田を袈裟《けさ》懸《が》けに斬ったのである。

これには木村も驚いた。

だが、吹き上げる今田の血飛沫の中で、望月竜之進が素早く動いた。抜き放っていた刀の峰を返すと、手前の木村の首筋を激しく叩き、続いてこちらを振り向いたばかりの大島の手首を打った。

木村が倒れ、大島が刀を落とした。

複数の敵を相手にする三社流の剣さばきだった。

しかし、まだ動きはあった。肩口から胸まで割られていた今田が最後の力をふりしぼり、大島の背に剣を突き立てるように倒れこんだのである。

大島は、背に剣を立てたまま、ふらふらと二、三歩ほど歩き、それから棒のように後ろに倒れた。はずみで剣先が胸から飛び出してきた。

小屋の中に、血の匂いが充満した。

竜之進は大島と今田がどちらも事切れているのをたしかめると、しばらくなにごとか考えていたが、

「楓。手伝え！　こいつらを外の広場に並べるのだ」

と言った。

「お前、なにをする気だ？」

すでに死体を動かしだしている竜之進に楓が訊いた。

「これで、虎をおびき寄せる」

「おびき寄せるだって！　じゃあ、お前、虎と戦うつもりなのか？」

「ああ。父御の仇を取ってやるぞ」

「馬鹿じゃないのか」

楓の呆れ顔をよそに、竜之進は急いで二つの死体と気を失っている木村を小屋の前に並べた。

「楓。もしもわしもやられたら、婆サマと子どもを連れて山を下りろ。いくら、あやつでも四人分を食いつくすまでは、だいぶときもつかうだろうよ」

望月竜之進は楓に微笑《ほほえ》みかけ、横たわっている三人のあいだに、ごろりと横になった。

五

途方もない力を秘めた凶暴な意志が近づいてくる気配があった。

望月竜之進は、目を開けたまま、横になっている。抜き身の大小を両手に握り、瞬時に刀を振り回せる態勢である。

竜之進の左手には、気を失っているだけの髭の木村が横たわっている。右手にはすでに死体となっている今田と大島がいる。

いったい虎は、誰から順に食していくつもりか。竜之進の番が来たときこそ、勝負のときになるはずだった。

足元の方角の森の中から、グルルルという低い声が聞こえてきた。竜之進は目だけを動かしてそちらをうかがう。虎はゆっくりと歩みを進めてきた。

先ほど、肩先あたりに竜之進の剣が食い込んだはずだが、跛行《はこう》の気配はない。

虎は数歩手前で立ち止まり、こちらの気配をうかがっているらしかった。

──やはり、やめておけばよかった……。

と竜之進は思った。

賢《かしこ》い獣なのである。死んだふりなどという姑息《こそく》な手段への期待は、あっという間に遠ざかっていた。

突然、虎は大きく跳躍した。下りると同時に激しく吠えたてながら、前足で大島の死骸を払った。大島の死骸が一間ほども横にふっ飛んだ。凄まじい腕力である。肉片がはじけ飛んだようでもあった。

――うわっ……。

竜之進はそっと目をつむった。なにかに祈りたい気分でもあった。

そのとき、竜之進の左手で、

「うーむ」

という声がした。木村が息を吹きかえそうとしているらしい。虎が瞬時にこちらを振り向いた。かすかに目を開けると、竜之進を見ているようだった。

――わしじゃないぞ。隣りの男だ……。

と言いたかった。

「うーむ」

と、もう一度、木村が呻いた。

――起きるなら早く起きろ！。

竜之進は怒鳴りつけたかった。

威嚇《いかく》しようというつもりか、虎が一声、天に向けて吠えた。

その声に、木村がぴくっとなって撥《は》ね起きた。すぐに虎の存在に気がついたらしく、

「なんじゃあ、これは！」

と叫んで立ち上がろうとした。

しかし、そのとき、竜之進の顔の上を、巨大な黄色と黒の縞模様が横切っていった。

ただ一撃だった。

木村は強風に飛ばされたかかしのように宙を舞い、数間先に転がった。悲鳴すらなかった。

木村が多少なりとも持ちこたえて、虎と渡り合ってくれていれば、竜之進も撥ね起きて、背後から虎に斬りかかっただろう。だが、そのいとまも隙も皆無だった。

それればかりか、虎は木村の腹を食い破り、その臓物を貪ぼり出していた。これほど嫌な音もそうはないだろうと、竜之進は耳をふさぎたかった。

――あいつの弱点はどこなのだ……。

竜之進は恐怖に耐えながら、攻撃法を見つけようとした。まともに向かい合っても、あの前足の一撃と重量の凄さに圧倒されるだけだろう。弱点を素早く、的確に突く以外、勝てる方策はなさそうだった。

――目か……。

と竜之進は思った。しかし、あの前足の動きをかいくぐって、目を狙《ねら》うのは至難なことに思えた。

ひとしきり木村の臓物を貪ぼった虎は、ふいに顔を上げて、こちらを見た。そして、ゆっくりと竜之進のところに近づいてきた。

——ついに、来た……。

竜之進は虎と目を合わせたりはせず、しかし虎の動き全体を視界の中にとらえた。

虎は竜之進の全身を眺めるように、いったん横を素通りしていく。

全身に油を塗ったような見事な毛艶《けづや》。何人もの肉をおさめた下腹はぽってりと、気味が悪いほど柔らかそうで、奇妙な艶っぽさすら感じさせた。

前足に傷があるのも見えた。竜之進が斬りつけた跡《あと》だろう。左のわき腹には、銃弾を受けたような傷もある。やはり猟師たちから何発かの銃弾は食らっていたのだろう。

——まだ、今田の死骸があるだろう。こっちへ来るなよ……。

竜之進は気が気でなかった。

足元のほうまで行った虎が、ふいに向きを変え、竜之進の頭のほうにやってきた。

なにか、妙な気配を感じているといったふうだった。

虎が竜之進の顔をのぞきこんだ。

巨大な顔だった。

表情などはわからない。ただ悪夢のような異形《いぎょう》の顔が視界いっぱいに広がった。

叫び出したいのを竜之進はこらえた。

目と目が合った。

そのとき、竜之進の身体が無意識のうちに動いた。

右手の刀を思い切り虎の腹——あの、なまめかしさすら感じたぽってりとした腹に、深々と突き立てた。

虎の目に驚愕《きょうがく》が走ったように見えた。

同時に、竜之進はその刀の峰に足をかけ、渾身《こんしん》の力でえぐるように蹴った。刃は虎の腹を真っ直ぐに走った。

グォーッ。

という突風のような声を上げて、虎が後ろに一間ほど飛びすさった。

弾けるように竜之進も飛び起きた。

いったん低く身構えた虎の腹から、どさっという音とともに、多量の臓物がこぼれ落ちるのを見た。

(やったか……)

竜之進の胸に安堵の気持ちが湧き上がろうとしたとき、虎はもう一度、跳躍した。

まっすぐに竜之進の顔へ飛びこんでくる。それを斜めにかわしながら、竜之進は剣をはらった。

虎の右耳から目にかけて、刃がないだのを感じた。

虎はすれちがい、着地すると、そこで奇妙なかたちでどっと倒れた。

その背に向かって、竜之進は大小を、さらには今田や大島の大小も取って、次々と突き刺していた……。

いつ、楓がそばに来たのか、竜之進はまるで気がつかなかった。風が落ち葉をさざ波のように運んでいて、それらは虎の死骸にも積み重なりつつあった。黄色と黒の縞模様は、まるで落葉の塊《かたまり》にも見えた。

「やったな……」

楓が竜之進の耳元で言った。

「ああ」

と答えたが、喜びはひとかけらもなかった。むしろ、尊敬していた武芸者を倒してしまったような、後味の悪い虚脱感だけがあった。獣の顔をした英雄が遥かな旅をしてきて、ついにこの地で死んだのだった。

竜之進は黙禱《もくとう》でもするようにうつむき、腰を下ろし、地べたにしゃがみこんだ。そんな竜之進に、楓が赤子に言うように、やさしく、だが早口で言った。

「いまから、粥をつくるぞ。うまい粥をつくってやる。身体があったまるぞ。それを食って、休め。それで、寝ろ」

竜之進はぼんやりと楓の顔を見た。

目が輝き、竜之進はまるで牝の虎のようだと思った。だが、この牝の虎は、ひどくやさしげに、望月竜之進の頬に手をあてがってくれるのだった……。

第三話　甚五郎のガマ

一

茶店のわきにさほど大ぶりではないがかたちのいい桜の木があって、いまは満開に咲き誇っている。空は晴れ渡り、うららかな春の日差しで、街道の彼方《かなた》は無数の糸が戯《たわむ》れるように揺らめいて見えた。

ついついあくびが出そうな、のどかな春のたたずまいである。

ところが、そんな景色にはふさわしくない怒号《どごう》が、茶店の中でわき起こった。

「そうまで言われちゃ我慢がならねえ。おい、果たし合いで決着をつけようじゃねえか」

色の黒い、筋骨逞しい若い男が立ち上がっていた。細い目が青眼に構えた刀のように吊り上がっている。

「果たし合いとな……」

怒鳴られた方の、総髪でやや小柄な三十歳くらいの侍は、困った顔で若い男の顔を見上げている。

さっきまでは笑いながら二人のやりとりを聞いていた茶店の客たちも、話の雲行きがとんでもないところに行ってしまったので、そっと席を立ったり、少しずつ尻を遠くにずらしたりしていた。

「なにもそこまでせずともいいと思うがの」

と侍はなだめるように言ったが、

「やかましいやい、馬鹿にしやがって。よおし、いいか、明日の夜明けに、その河原で立ち合うことにするべえ。木刀でも真剣でも好きな方で相手になってやらあ」

「それは構わぬが、明日とは。わしは旅の途中なんだがなあ」

「こっちにも都合ってものがあるのよ。おい、お前の名と流儀を聞いておこうか。おいら、留吉《とめきち》といって、このあたりじゃちったあ知られた一刀流の遣い手よ」

「わしは、望月竜之進。三社流というのを遣うのだがな」

どうもこの侍の口調は終わりがシャキッとしないのが特徴らしい。もっともはっきりしないのは口調だけでなく、人相もかなりとぼけている。顔立ちは決してまずくないのだが、八の字に下がった眉がこの侍から精気や怒りの感情を取り除いてしまったようだった。

留吉と名乗った男は、両手両足をひっくり返った蟹のようにばたつかせながら、

「いいとこ半殺しだべ」

そう言い捨て、街道を走り去ってしまった。

残された望月竜之進は、留吉の後ろ姿を眺めながら、

「なんだ、あいつは。勝手な男だなあ」

と、つぶやいた。

ふと、茶店の中を見回すと、客や店の主人などは、硬い顔つきで俯《うつむ》いてしまっている。竜之進は照れ臭そうに、耳の下のあたりを五本の指で強く掻《か》いた。

ここは、日光街道沿いの栗橋《くりはし》の宿《しゅく》である。千住《せんじゅ》から数えて七番目の宿にあたり、ここで日光街道と日光御廻道《みめぐりみち》の二つの道が一つになる。日光参詣や参勤交代の往来が活発になったため、近年、この宿場も大いに賑わうようになった。関所や本陣も設けられ、慶安のこの頃（一六五〇年頃）にはすでに街道の重要な宿

場の一つとなっている。

目の前を利根川が豊かな水を湛《たた》えて流れている。三月になって、山の雪溶けが水量を増やしているようだった。

望月竜之進は、春霞《はるがすみ》の中を古河《こが》の方から渡し船で利根川を渡ってきて、関所を抜け、茶店で一服しているときにこのいさかいに巻き込まれたのである。きっかけはなんとも他愛ないことだった。

「なあ、おやじ。山道で狼《おおかみ》と出合ったときのために、掌《てのひら》に虎という字を書いておくといいってのは知ってるかい」

茶店の主人に留吉がそんなことを大声で話しかけていたのである。

「知らんなあ」

「狼の野郎はすくんでしまって身動きできなくなっちまうのよ」

「ふん……」

茶店の主人は面白くもなさそうな顔でそっぽを向いた。留吉の話もそれで終わりのようである。

そこへ竜之進が口を挟《はさ》んだのだった。

「その話にはつづきがあるのではないか？」

「つづき？　そんなものはねえよ」

「すると、そなたは狼が出たときには掌の虎という字を示せばいいと思っているのだな」

「なあにオレは狼の十四や二十四は怖くねえけどよ」

竜之進は留吉の顔をしばらく見つめ、一度ニヤリとして、

「その話はこうなるのだ。掌に虎という字を書くといいと言われた男が、山の中で実際、狼に出喰《でく》わしてしまった。教えられたとおりに虎と書いた掌をかざして見たが、狼はいっこうに怯える気配を見せない。必死で逃げて命からがら戻ってきた男は、このまじないを教えた者に文句を言うのだな。狼は虎の字を見ても、ちっとも怖がらなかったぞと……」

ここで竜之進は茶店の中を見回し、

「すると、文句を言われた者は、なに喰わぬ顔で、なあにそいつは字の読めねえ狼だったのよ……」

茶店に笑いが満ちた。先程までつまらなそうな顔をしていた茶店の主人も手を叩いて笑っている。

しかし、留吉だけはこの話を理解できないようだった。それどころか、しばら

くすると突然、

「ふざけたことをぬかすな。字の読める狼なんているか！」

と怒り出したのである。

「すまん。怒らせるつもりじゃなかったのだがな」

竜之進は詫《わ》びたが、留吉の怒りはおさまらず、ついには果たし合いの約束にまでこじれてしまったのだった。

——だが……。

竜之進は茶店にぼんやり腰を下ろしたまま、考えている。

——あの留吉というのは、わしの書き付けをのぞきこんだから、あんなふうに強気になってしまったのだろうな……。

書き付けというのは、竜之進が路銀を稼ぐためにおこなってきた他流試合の賭けの相手を捜すためのものである。立ち合い料として一両をもらうが、もし負けた場合は五両を返す旨《むね》が、布に記されている。これを、宿場の外れなどで道端に広げ、相手を待つのだった。

その文のわきに○と×の印がいくつも書かれてある。もちろん他流試合の勝ち負けを示したものであり、その数は○が九個で、×が二十八個となっていた。さきほど、茶をすりながら、今朝、古河でおこなってきたばかりの勝負の結果である新たな×を墨で付け加えていたのだが、その様子を留吉はうすら笑いを浮かべながら見ていたのであった。

——とすると、悪いことをしたかな。

じつはこの勝ち負けの数は、実際の勝負にはあまり結びついていないのである。竜之進は打ち合いを始めてしばらくすると、必ず相手に対し、

「拙者が負けたことにするから、あの一両はいただけないか」

と小声で持ちかけるのだ。どうも侍らしくない申し出であるが、

——これは路銀を得るための手段なのだから、相手に怪我までさせることはない。

というのが竜之進の考えなのである。

はたして、数度、打ち合った相手は竜之進の強さに内心舌を巻いているから、見物人の手前、実を捨てて名を取るこの申し出をたいていの者が承知した。すると竜之進は途中で木刀を投げ出し、「参りました」と告げるのである。その数は×の二十八個のうち二十一個を占めていた。この申し出を断った者は、皆、竜之進に〇の印と一両の双方を献上することになった。

では、残りの七つの×は竜之進が本当に負けたのかというと、これもそうでは

ない。竜之進のおこなう他流試合は木刀を使っていたが、なかには真剣で立ち合うと言い出して聞かない侍もいた。

「たかが一両で命のやり取りするのは馬鹿げておるではないか」

「一両は二の次のこと。勝負は死ぬか生きるかだ」

こういう御仁には、竜之進は潔《いさぎよ》く負けを宣言し、一両か、話のもつれ具合によっては五両を進呈することにしていたのである。だから、あの○と×を数の通りに受け取ってしまうと、大きな誤解が生じることになる。つまり、たいして強い武芸者ではないと見くびってしまうのだ。もっともその誤解によって、挑戦者を募《つの》ろうという思惑もあったのであるが。

――あれは武芸者相手の誘い水であって、血の気が多いだけの若造を喧嘩に誘うものではないのだが……。

竜之進はなにやら済まないような気持ちになってきて、このままこの宿場を立ち去ってしまおうかと思い始めていた。

「お侍さん、あんな男、かまわねえからうっちゃって旅をつづけた方がいいだよ」

声をかけたのは茶店の主人だった。

「この宿場の者か、あれは」

「ああ。この先の岡田屋って旅籠《はたご》の息子だがね、ガキの頃からの暴れ者でどうにも手がつけられねえ」

「力はありそうだな」

「あれが十歳くらいの頃、牛の尻尾《しっぽ》を素手で引きちぎったこともあるだよ」

「素手で……呆れた馬鹿力だな」

「しかも、数年前から剣術を習い始めたものだから、ますます天狗《てんぐ》になっちまっただ」

茶店の主人は、片手に持った団子の皿を竜之進にさりげなく勧《すす》めてよこす。

「では、この宿場の者たちも迷惑しているのではないか」

「いいや、さすがにこのあたりの人間には悪さはしねえだよ。ただ……」

「ただ、どうしたな」

「お侍さんみたいな武芸者に喧嘩を売って、これまでも二度ほど果たし合いになっちまっただ。それも、二度とも勝負には勝って、お侍を半身不随《ふずい》にしちまったよ」

主人はまたもや、俯いたまま、団子の皿をこちらに押してよこした。どうやら、悪いことは言わないからこの団子を食って立ち去れと言いたいらしかった。

竜之進は菓子に釣られる子供になったようで、思わず苦笑してしまう。

「それなら、なおさら天狗の鼻をへし折ってやった方がよさそうだな」

竜之進がそう言うと、主人は慌《あわ》てて手を顔の前で振って、

「だめだで、お侍さん。留の野郎は道場の先生を加勢に連れてくるに決まってるだ。前のときもそうだったんだから」

「加勢を？」

「この先の幸手《さって》の町に一刀流の道場があるだで、そこの先生がやってくるだ。負けそうになったら手を貸してもらおうって魂胆《こんたん》だ。だから、悪いことは言わねえ。早く立ち去んなせえ」

「しかし、あの者も幸手の宿の方に向かったから、途中で会ったりするとまずいではないか。まあ、いいさ。加勢を見てから考えることにしよう」

竜之進はそう言って立ち上がった。茶店の主人は泣き出しそうな顔になっている。

「大丈夫だ。なんとか……」

竜之進がそこまで言ったとき、立てつづけにくしゃみを四、五回連発した。さらに、背筋に不快な寒けが這い上がってきて、肩をすくめると、身体がブルルと

震えた。

茶店の主人は竜之進の後ろ姿を見送ると、

「なんだなあ、震えているじゃねえか。かわいそうによう」

と呟いた。

二

「また、果たし合いの約束をしてきただと」

幸手にある一刀流道場の道場主である大田源太夫《おおたげんだゆう》は、留吉の話を聞いて大きく顔をしかめ、隣に座っていた師範代の高崎伸吾《たかさきしんご》を見た。師範代も不機嫌な顔をあらわにしている。この二人はともに、人生の辛酸《しんさん》を舐めすぎたような鬱屈した顔つきをしている。

「ええ。間延びした口調で言いたいことを言う侍だもんだから、ついカッとなってしまいましてね。なあに、腕はたいしたことがないと分かっていますから、今度もそばで見ていてもらえれば、結構ですので」

留吉の私闘に付き合わされるのは、これで三度目である。いちおう他流試合は禁じているのだが、道場の外で約束してくる果たし合いまでは見張りようがない。しかも負けたりすれば道場の評判にも傷がつくので、喧嘩っ早い留吉は困った門弟なのである。

といって、留吉を破門にするわけにはいかない。留吉は近在で顔が広く、この道場の門弟の大半が留吉の紹介で入門してきた者たちだったからである。もしも留吉を破門することになれば、何人もの仲間も辞めていくだろうし、今後の入門者も見込めなくなる。せっかく安定した道場経営が危うくなることだけは避けなければならなかった。

「それで、相手は何流を使うのだ？」

「ええ、それがサンジャ流とかいう聞いたことがない流派なんですよ」

「サンジャ流？」

道場主は知っているかと尋ねる目で、師範代を見た。師範代も黙って首を横に振るだけである。もっともこの頃、さまざまな流派が多くの剣客によって次々と編み出されている。田舎の道場主が知らない流派も少なくはないのだった。

「どのような字を書くのだ？」

「いやあ、口でそう言ったのを聞いただけですからね」

留吉はそういえばあの布切れに流派と名前が書いてあったような気もしたが、結局思い出せなかった。

「サンジャ流？　どのような字を書きますのでしょうか」

聞いているのは宿場の外れにある旅籠、岡田屋の主人である。

竜之進は、気候も暖かくなってきたのでここ数日は野宿で旅をつづけてきたのだが、どうも朝から身体の具合がおかしいのである。嫌な寒けがつづいているし、頭の芯に痛みがある。今晩は宿でゆっくり身体を休めた方がいいと思い、それに宿の息子なら果たし合いをとりやめにする相談もできるだろうと、岡田屋に草鞋《わらじ》を脱ぐことにしたのだった。

竜之進は二階の八畳間に案内された。まだ日暮れには間もあるのに、相部屋の老人が窓際でくつろいでいた。小柄な年寄りだが、ちらりと竜之進を見た目は意外に鋭くて、油断がならなそうである。

軽く頭を下げ、話もせずに寒けのする身体を横たえていると、宿の主人がやってきて、竜之進にさまざまなことを根掘り葉掘り問いかけたのであった。

――おそらく、さっそく息子の決闘の噂を聞きつけたのだろう。

そう思った竜之進は鬱陶《うっとう》しくもあったが、訊かれたことには答えていた。

「字はなんでもいいのだがな。まあ、三つの社という字をあてておる」

「このあたりではあまりお聞きしない流派ですな」

「それはそうだろう。わしが三年前に始めた流派だからなあ」

「ほう、あなたさまが」

三社流は望月竜之進がまったく新しく編み出した剣法である。どこの流れも汲まない。

「ほかになにか聞きたいことがあるのではないかな」

竜之進は岡田屋の主人に笑いかけた。

「いや、別に」

「そうか。じつは明朝、このあたりに住む無鉄砲な若者と決闘をすることになってなあ」

「さ、さようでしたか」

「少しばかり力があるのをいいことに、剣の方もできると天狗になってしまったらしい。愚かな若者だよなあ」

「まったくですな」

うなずいたところを見ると、親としても困ってはいるらしかった。

「まあ、軽くあしらってやるつもりではいるが、ただ、わしは身体の具合があまりよくないのだ。それで困っておるんだがのう」

「勝てそうもないので」

「いや。勝つのはたわいもないが、こんな具合ではうっかり本気を出してしまいそうでな。いくら馬鹿な若者でも、くだらぬ立ち合いで命まで落とす必要はないと思うのだ」

宿の主人はため息をつき、青い顔で立ち上がった。どうやら、息子を探し出し、明日の決闘を中止させなければと思ったようだった。

その主人の背中に竜之進が声をかけた。

「夕飯まではまだ間もあろうから、すまぬが床を敷いてもらえるか。ちょっと一眠りしたくなってきた」

三

夕飯の支度ができたと下女が呼びにきたとき、竜之進はとてもじゃないが、起きる気分にはなれなかった。寒けがするくせに、身体中は異様な熱さである。しかも頭や節々に重苦しい痛みがあった。

「おら、お侍さん。どうされました。お顔が真っ赤ですよ」

「ああ、どうも悪いものでも食ったようだ。身体が熱くて頭も痛いのだ」

下女は竜之進の額に手をあてた。いかにも人の良さそうな女である。

「あらら、ひどい熱だ。風邪《かぜ》をひいたね」

「風邪？　……これが風邪なのか」

「はあ？」

竜之進の素《す》っ頓狂《とんきょう》な言葉に下女は呆れたような声を上げた。

「わしはいままで風邪なんてひいたことがないんだがのう」

それは嘘ではなかった。竜之進は生まれてこのかた、風邪をひいたという記憶がないのである。もちろん風邪という病《やまい》があることくらいは知っていたが、まさかこんなに恐ろしいことになるとは思ってもいなかった。

そもそも竜之進は病気というものをほとんど体験したことがなかった。ただ一度だけ、腐った貝を山ほど食べて腹をこわしたことはあった。そのときの気分の悪さだけを覚えていたので、今度もなにかおかしなものを食ってしまったのだろうと思ったのである。

「そうか、風邪をひいたのか、わしは」

「風邪をひかない人がいるって話は聞いたことがあるけど、ほんとにいるんですね」

下女は笑いながら言った。

部屋の中でほかにも笑い声がした。先程、部屋の隅にいた老人らしい。竜之進が首だけ回して部屋の中を眺めると、相部屋の客が先程の老人のほかにもあとふたりほどいた。そのふたりも声は出さなかったが、ニヤニヤ笑っている。

「少しは賢くなってきたってことだな」

老人がそう言うと、部屋にいるもの全員が今度は遠慮のない笑い声を上げた。

竜之進はなにを笑われているのかわからない。

「それで風邪をひいたならどうすればよいのだ？」

「寝てるしかありませんね」

「寝れば治るのだな。一刻（約二時間）ほど寝ればいいのかな」

下女はまた、大きな笑い声を上げた。

「一刻じゃ無理でしょう。いま、粥《かゆ》と葱《ねぎ》味噌でもつくってきてあげますよ。それを食べてとにかく寝ることですね」

下女はそう言って階下に降りていった。

竜之進は布団を鼻の上まで持ってくると、

「弱ったなあ、これは」

とひとりごちた。

「なにが弱ったのだな」

尋ねたのは老人だった。あとのふたりは、食事をするために、下女の後から下に降りていった。

「いや、なに、こっちのことだ」

竜之進はそう言って目を閉じた。なんだか天井がグルグルと回り始めたからである。目を閉じるとすぐに、再び眠りに落ちてしまった。

汗をびっしょりかいて、竜之進は目を覚ました。物音は聞こえなくなっている。いったいどれくらい寝たのだろうかと、竜之進は首を上げた。

「目覚めたかな」

隣で老人が声をかけてきた。秉燭《ひょうそく》の明かりでなにやら幽鬼のように見える。

他の客はすでに眠っているらしく、老人の声も遠慮がちだった。

「いまは、何刻くらいなのかのう」

「戌《いぬ》の刻（およそ夜八時）あたりだろうな」

首をめぐらすと枕元に粥と葱味噌が置いてある。すでに冷え切っているらしいし、だいいち食欲もさっぱりわかない。全身はまだ熱を持っているらしく、喉だけが乾いていた。

こちらの気持ちを察したように、

「水は茶碗に入っておるぞ」

老人が枕元に茶碗を寄せた。

床に起き直ると、頭がふらついた。水を一気に飲み干して、再び布団に潜り込む。ずいぶんぐっすり眠ったはずなのだが、まだいっこうに回復していないらしい。それどころかもっとひどくなったようだった。

――野宿で雨に打たれたのがまずかったようだな。

昼間は晴れていたのが、夜になって強い雨が降るという晩がつづいたのである。それなのに竜之進は、

「物のしゅんなは春の雨、猶《なお》もしゅんなは旅の一人寝」

などと、亡父が愛唱していた隆達節《りゅうたつぶし》を暢気《のんき》に口ずさんで、春雨《はるさめ》を面白がってさえいたのだった。

「おぬし、明日の決闘はとてもじゃないが無理だな」

「決闘？　どうしてそれを？」

「もう宿場中の噂になっておるわ。手配師のようなのが、客を集めて賭けの用意までしておるぞ」

「はあ」

「どうするよ、おい。武士の名誉というのがあるから逃げ出すわけにはいかんだろうし」

なんだか老人はこのなりゆきを面白がっているようである。

「なあに、朝になれば大丈夫だろう」

「いや、無理だな。おぬしのように滅多に風をひいたことがない男は、いったんひくと常人よりひどくなる。まあ三日は動けんだろうよ」

「…………」

竜之進もこの身体の状態では、老人の言う通りのような気がしてくる。

「それにおぬしの敵はひとりじゃないぞ。助太刀《すけだち》がふたり入ったようだ。このあたりの道場主と師範代らしい。さっき下にこの家の馬鹿息子が来ていてな、親父からおぬしのようすを聞いていたわ。親父は止めていたのだが、息子はお前さんのようすを聞いて大喜びよ。手足の骨をへし折ってやると、息巻いておったわ。いまは三人でここの離れで休んでおる。どうするよ、おい」

やはりこの老人は他人の苦境が嬉しそうである。竜之進は少しのあいだ、なにごとか考えていたが、

「ちょっと行ってくる」

と立ち上がろうとした。

「どこへ行く。まさかおぬし、闇討ちでもするつもりか」

「いや。この決闘はとりやめにしてもらう」

竜之進がそう言うと、老人はポカンと口を開けた。

「とりやめって」

「謝って勘弁してもらう」

「お、おぬし、武士であろうが。恥ずかしくはないのか」

「この際だ、仕方あるまい。命を落とすほどの果たし合いではないしなあ」

フラフラしながら立ち上がると、老人が慌てて竜之進の裾を摑んだ。

「待て、待て。おぬしは、すでに名前も流派も名乗っておるだろうが。謝って勘弁してもらったりしたら、名がすたるぞ」

「どうせたいした名ではないし」

「まあ、待てっちゅうに。わしがなんとかしてやるから」

老人は無理矢理、竜之進を寝床に戻した。老人は意外に力があるのか、竜之進の力が衰弱したのか、腰を抜かすように竜之進は布団にへたりこんだ。立っただけでも、息が荒くなっている。立ち合うことなどとてもできないことだけは明らかだった。

「おぬしの武名を汚《けが》すことなく、うまく納まるようにしてやるから。まあ、落ち着け」

「どうする気だ」

「その前に礼金の相談だ。どうかな、七両では？」

「七両だと」

その高《たか》を聞いて、竜之進はハッとなった。巾着《きんちゃく》には七両と小銭が入っているのだ。

「ご老人、わしの巾着をのぞいたな。スリか、貴様は」

「ば、馬鹿なことを言うでないわ。スリだったら、その巾着を持って、とっくに逃げ出しておる。のぞかせてもらったのは確かだが」

「ふん。七両出してしまったら、果たし合いからは逃げられても飢え死にしてしまうわ」

「そうか、では五両で手を打とう」

「五両はわしの商売の元手だよ」

老人は情けなさそうな顔になって、

「仕方ない。じゃ、二両にまけておくわ」

「駄目だ、一両。それが嫌ならやつらのところで頭を下げてくる」

「タハッ、たった一両か。仕方がない。それで手を打とうか」

それから小さな声で、

「ずいぶん安い命だのう」

と厭味《いやみ》を言った。

「それで、いったいなにをするつもりだ」

「ふん。まあ黙って見ているこった。夜明け前までには仕上げなくちゃならんで、いちいち教えている暇はないわ」

それから老人は、いったん部屋から姿を消すと、次に戻ったときは丸太やら木株のようなものを運んできたようだった。そんな様子を見ているうち、竜之進はまた、泥濘《でぃねい》の中でもがくような疲労感に襲われ、寝込んでしまったらしい。

途中、何度か目を覚ました。竜之進は老人が部屋の隅でのみをふるっているのを、薄目の中でとらえた。

――この老人は左利きか。

そんなことを考えはしたが、熱と疲労が竜之進を捨て鉢にしているらしく、それ以上なにも考える気になれないのだった……。

四

翌朝、東の空がぼんやりと明るくなって、川面《かわも》や草むらにかすかな光の粒が輝き出した頃――、竜之進はすでに約束の場所に立っていた。

朝陽を避けるように菅笠《すげがさ》を深めにかぶり、抜き放った白刃《はくじん》を右下段に構えている。無理のない構えであり、全身は微動だにしないが、いつ激しい一閃《いっせん》が炸裂してもおかしくない緊張感を漲《みなぎ》らせている。

やがて――。

河原の上の土手には気の早い見物人たちがちらほらと姿を見せ始めた。

「もう来てるじゃねえか」

「誰だよ、風邪でくたばってるなんて言ったのは」

「駄目だ、おらあ、お侍の方に乗り換えさしてもらうぜ」

どうやら賭け目当ての者も少なくないらしかった。

その無責任な人の塊が二十人を超えたくらいだろうか、あたりにはすでに朝の光が満ちてきていたが、その頃になって見物人を割るようにして三人の男たちが姿をあらわした。

「野郎、もう来てやがったか」

声を上げたのは留吉である。早くもいきり立っているようで、カン高い声だった。後ろに続いた二人の助太刀はさすがに道場を構えるだけあって、落ち着いたそぶりである。

まず、留吉が勢いをつけて一気に土手を駆け降りた。見物の男たちのあいだでウオーッという声が上がった。その勢いで竜之進の前まで駆け寄るのかと思われたが、留吉は突然、のめりそうになりながら足を止めた。

「お、おう。真剣でいいのかよ」

竜之進が手にしていたのが木刀ではなく、真剣であることにようやく気がついたらしかった。

留吉はいったん後ろを振り返った。二人の助太刀もすぐ後ろまでやってきている。留吉はなにか助言を期待したようだが、二人はなにも言わない。鋭い目で竜之進を睨み、鯉口《こいぐち》を切った。

「木刀ならば黙って見ているつもりだったが、真剣ならば我等も助太刀いたすぞ」

と言ったのは、道場主の大田源太夫である。

竜之進はなにも答えず、三人の動きを見つめている。

「高崎、そなたは左に回れ」

大田源太夫は師範代の高崎伸吾にそう言って、自らも抜刀して竜之進の右手に回った。

留吉もそれらの動きを見ると、手にしていた木刀を投げ捨て、腰の刀を抜いた。しかし表情には、すでに構えて三人を待っていた竜之進の気迫に、やや気圧《けお》された気持ちがありありと浮かんでいた。

「野郎、覚悟はできてやがるな」

留吉の声とともに、三人はほぼ等間隔を開けて、竜之進を遠巻きにした……。

これらの様子を、二十間ほど離れた芒《すすき》の藪の中で、じっと見入っている二人がいた。一人は夜中にのみを振るっていた老人である。そして、もう一人は——、熱で潤《うる》んだような目をした望月竜之進であった。

「まだ気がつかぬようだな、人形であることに」

どてらを何枚も着込み、太り過ぎた蓑虫《みのむし》のようになった竜之進が、呆れたように言った。

「なあに、最後まで気がつかぬさ」

「だが、打ち込めばすぐにばれるだろうよ」

「ふん。お前さんならあの人形に打ち込めるのかな」

老人は鼻でせせら笑った。

確かに見事な構えであった。自然な立ち姿であるが、隙がない。腰は充分に落とされ、足は左右どちらへの変化も可能なように軽やかな開きを見せていた。

当然、人形であるから微動だにしない。それがまた、対峙《たいじ》した者に異様な緊迫を強《し》いているらしかった。

——いったいどんな決着がつくのかのう。

竜之進はそれが自分の人形であることすら忘れ、なりゆきを楽しむ気持ちが芽生えた。

と、そのとき、老人がポツリと言った。

「まずいな」

「なにがまずいのだ」

「かわせみが飛んでおるわ」

なるほど三人と一体の人形が対峙するそのすぐ上で、青みを増し始めた空の一部をもぎ取ったように美しい羽根の色をした二羽のかわせみが舞っていた。腹の黄色は野の花のようである。

「あれが人形に止まったらまずいの」

「え？」

「相手が人だからこそ、あの人形から殺気も恐怖も感じるのよ。しかし、鳥ではそうはいかぬかもしれぬな」

「なるほど。面白いのう」

「面白がってる場合か」

老人の心配をあざ笑うように、かわせみはもつれ合うようにしながら、竜之進の人形の頭や手先をかすめて飛んでいた。

留吉はもちろん、二人の助太刀も一歩も動けないままだった。もちろん、かわせみがすぐ前を何度となく滑空するのが目に入ってはいたが、それが竜之進の身体に止まったときになにが明らかになるかなどとは思ってもみなかった。

彼らはその見事な構えに、怯え、すくんでいた。

しかし、留吉だけが蛮勇《ばんゆう》を奮《ふる》って動き出していた。右へ右へと足を運んでいく。竜之進の側面に回ろうとしているらしかった。

右手で構えていた大田源太夫の後ろを通って、さらに竜之進の側面へと向かった。

かわせみの片割れが竜之進の肩のわきで、羽根を震わすようにして空中に静止した。どうやら、羽根を休めるのに格好の物体を見つけたようであった。

そのとき、留吉の目が大きく見開かれた。右斜めの位置に入り、竜之進の顔をうかがったとき、その口元に不敵にも薄笑いが広がっているのを見たからである。

「げっ」

声が洩れるとともに、留吉の顔に激しい恐怖がわき上がってきた。身体がふいに二、三度、ガクガクッと震えたかと思うと、握っていた刀を放り出し、

「参った」

そう叫んで、振り向きざまに逃げた。

大田源太夫と高崎伸吾も、留吉の突然の振る舞いに動揺したらしかった。すばやく互いに見交わすと、

「むっ」

と頷き合い、二、三歩後ずさりして、

「ごめん」

「失礼つかまつった」

言い捨てると、刀をおさめ、留吉の後を追った。途中、大田源太夫は大きなため息を洩らし、高崎伸吾は額の汗を手で拭った。

もしも、そのとき彼らが振り向いていれば、二羽のかわせみが竜之進の菅笠の上と肩先に止まっていたのを見ただろうが、彼らは振り向きもしなかった……。

五

三人の男が土手の向こうに消えていくと同時に、草むらから老人と、もうひとりの望月竜之進が姿をあらわした。

「ホホーイ、うまくいったのう」

老人が奇声を上げた。

「いつ気がつかれるか、ヒヤヒヤもんだったがのう」

竜之進はどてらを数枚、着込んでいるのと、高い熱のために足元が定まらなかったが、それでも嬉しそうだった。

ふたりは竜之進の人形の前に立った。

「ほう、よくできているなあ」

「ふん。こんな馬鹿げたことにつかうのは勿体《もったい》なかったの」

竜之進は菅笠をめくり上げると、しげしげともう一つの自分の顔を見た。とくに精巧に彫られてあるのは鼻から下の部分だけだが、彫りのなめらかさといい、彩色の巧《たく》みさといい、まさに本物そっくりの出来ばえだった。

「笑っているのだのう」

竜之進が感心して言った。

「そうよ。こっちに回ってくれば、笑って見えるようにしたのだ。やはり、この笑いが効いたようだの」

「こら、気味が悪いなあ」

「……になるのう」

「む、なにか言ったか」

「ふん。こっちの話じゃ」

竜之進はつくづく人形の出来ばえに見入った。

こうしたふたりの様子を、土手の上に残っていた数人の見物人が、いぶかしそうに眺めている。

やがて、竜之進が刀を自分の腰に収め、人形の着物を剥《は》ぎ取ると、見物人の驚きがここまで聞こえてきた。

「おい、見ろ」

「あれは人形じゃねえか」

何人かが、土手を降りてこちらに歩み寄ってきた。

「あれ、お侍さん。これは人形だったんですかい」

「ハッハッハ、あいつらには内緒だぞ」

竜之進は悪びれることなく言った。

着物を剥いだ人形は、すべてが精巧に彫られていたのではなく、顔の半分と両腕だけが彫られ、あとの部分は枠組みにボロ布を巻かれたものだったことが明らかになった。

「ヘエーッ！」

見物の男たちから歓声が起きた。

「留吉のやつ、あいつは達人だなどとぬかして逃げていったけど、人形だったとはねえ」

見物の男たちに笑いが広がった。

その笑い声を聞きながら、竜之進が老人に尋ねた。

「ご老人、お名前をうかがっておこうかのう」

「なあに、名乗るほどの者ではありゃせんよ。一介の大工に過ぎんでな」

「見事なものだのう」

竜之進が褒《ほ》めると、老人はいかにも嬉しそうに破顔した。ただ、歯が真っ黒で、お世辞にも品のいい笑顔というのではなかったけれど。

「これからどちらに参られるか？」

「わしは今市《いまいち》に用があっていく途中よ。こづかいを稼がせてもらったから、これで若い女子でも買わせてもらうわ。ヒャヒャヒャッ」

「わしは、ここから舟で江戸に向かうことにした。では、ここで別れることにしよう」

「そうだの。じゃあ、若いの、達者での」

ふたりは笑顔で見交わすと、別々の方向へ歩き出していった。竜之進は着ぶくれと高熱のため、老人は高齢のため、どちらも足取りも軽くとまではいかなかったけれど――。

竜之進は江戸へ戻ってから、このときの話を友人に聞かせたことがあった。すると、その友人は、

「そのお人は、もしかしたら、あの名工として名高い左甚五郎《ひだりじんごろう》ではないか」

と推察したのだった。

「左甚五郎……！」

左甚五郎は、寛永の頃に活躍した宮大工である。足利義輝《あしかがよしてる》の家臣・伊丹正利《いたみまさとし》の子とも言われ、後に京都伏見の禁裏《きんり》大工の棟梁《とうりょう》の元に弟子入りして腕を上げ、根来寺《ねごろじ》の再建や方広寺《ほうこうじ》鐘楼《しょうろう》の建築に携《たずさ》わったと伝えられる。元和《げんな》の頃に江戸へ出て、その後、宮彫りの名人として、上野東照宮の昇り竜や日光東照宮の眠り猫など、いくつもの有名な作を残していた。

だが、左甚五郎作と言われるものは、全国に相当数あって、とてもひとりの人物が彫ったとは考えられない。おそらくその名声を騙る偽者もずいぶんはびこったのだろうし、あるいは偽物と知りつつ、名物をでっち上げもしたのだろう。

その高名な人物の名前を聞いた竜之進も、一瞬、顔を輝かせたが、すぐに吹き出して、

「いや、ちがうなあ。その老人は、金に汚くて、身なりだって貧しそうだったもの。東照宮の仕事をするほどの人が、小銭も困るなんてことはないだろうよ」

「そりゃまあ、そうだろうが。でも、そのお人は左利きだったのだろう」

「ああ」

「しかも、わずか一晩足らずで、そうした凄い人形を彫ってしまったというのだな」

「そうだ。たしかによくできていた」

「ならば間違いあるまい」

そこで竜之進はもう一度、あの老人の顔や風体、そして物言いを思い返してみた。接してみれば、人の良さが感じられたが、見た目はあくまでもこずるそうで、油断のならない顔つきだった。すべて見た目で判断するつもりはないけれど、あの立ち居振る舞いは宮大工のそれとは思えなかった。だいいち、あの老人は他人の巾着の中身を黙って覗いたりしたのである。それから七両を吹っ掛け、結局、一両にまでまけたのである。あのときの情けなさそうな顔といったら、じつに噴飯《ふんぱん》ものだった……。

竜之進は珍しくさっぱりした口調で断言したものである。

「いや、あれは絶対に左甚五郎などではなかった」と――。

六

さて、この話には後日談がある。

いや、むしろ日光街道・栗橋の宿では、それから十年ほどして起こった、この後日談のほうが有名になり、以後、数十年にもわたって宿場の名物話として語り継がれたのである。

十年後――。世はすでに万治《まんじ》の時世になっていたが、梅の花が香る早春の頃に望月竜之進は再び、この栗橋の宿を通りかかった。

竜之進は四十の齢《よわい》を重ねていた。相変わらず風采はパッとせず、諸国行脚《あんぎゃ》もつづいている。ただ、路上の他流試合はやめている。由井正雪の慶安事件以後、浪人者の旅に対する目が厳しくなり、路上の他流試合になど応じる武士はほとんどいなくなっていたのだ。

この日、竜之進は宇都宮《うつのみや》城下に住む旧知の友人を訪ねての帰りだった。朝早くに宇都宮を出て、利根川を舟で渡り、栗橋に入ったのは夕方であったが、春の日はまだ暮れるにはいくらか間があった。

関所には番士がほとんどおらず、人気《ひとけ》が少ないわりには奇妙に慌ただしい気配に満ちていたことからして、なにか異様であったが、そのわけは宿場町に入ってしばらくするとすぐに明らかになった。

そこは街道からちょっと裏手にあたる、変哲もない一軒の農家であったが、その家のまわりを大勢の人たちが遠巻きに取り囲んでいたのである。

「どうかしたのかな」

竜之進はそばに立っていた男に訊ねた。

「いやあ、大変なこってたべ。斬り合いがあってさ、三人が斬り殺されてさ、鹿島《かしま》家の三人兄弟なんだけど、いやそいつらは斬った方なんだけど、とにかく三人がこの家に娘を盾《たて》に閉じこもっているんでさあ」

なんだかちっとも要領を得ない説明であったが、竜之進は何度か問い直すうちに、事件の概要を摑んだのであった。

つまり、こういうことらしい。この栗橋の関所は代々、四つの家が関所番士の職務を遂行《すいこう》してきたが、そのうちの鹿島家と河合《かわい》家というのはかねてから仲がしっくりいかず、ついに金がからんだいざこざで刃傷《にんじょう》沙汰《ざた》に至ったようなのである。

鹿島家の三人の兄弟はいずれも腕が立ち、河合家の次男と、止めに入った他家の者二人を殺傷し、河合家の親戚筋の娘を人質に取って、この百姓家に立て籠もった。

鹿島家の三兄弟は、河合家の当主と総領に立ち合いを求めているが、

「当主は中風病《ちゅうぶうや》みで身動きは取れねえし、総領は度胸なしで、家に逃げこんだまま出てきやしねえべ」

ということである。

すでに近在の代官所や陣屋からも十人あまりの武士が騒ぎを聞いて駆けつけてきたが、人質を取られているうえに、一方の張本人である河合家が逃げ腰なため、この一刻ばかりはなすすべもなく、まわりを取り囲んでいるばかりなのであった。

「ふうむ、なにか策を講じなければなるまいのう」

「どうにもなりゃしねえべ。河合家の総領が覚悟を決めて出てこないことには埒《らち》はあかねえなあ」

すると、百姓の隣にいた男が、

「まったくだ、侍がしでかした騒ぎは侍がきちんと片をつけてもらわないとな」

と、しかつめらしい口調で言った。竜之進には見覚えのある男である。すぐに、あのとき竜之進に果たし合いを申し込んだ留吉とかいった男だと思い出した。あの頃の無鉄砲な威勢の良さは、十年の間にずいぶん落ち着いてしまったらしい物言いだった。竜之進はなんとなくおかしくて、つい笑いが洩れた。

留吉のほうもその笑いで十年前のできごとを思い出したらしい。

「あ、あのときの……」

「おお、懐かしいのう。ケンカもときが立てばいい思い出よのう」

竜之進の親しげな言葉に、留吉はつられたように笑顔を見せ、それから情けなさそうにうつむいた。

竜之進は再び百姓に声をかけた。

「家の中はどうなっておる？」

「どうなってるといいますと」

「家の中には武器になるようなものはあるのかのう？」

「いいや、ただの百姓の家ですから。真ん中に囲炉裏《いろり》があって……」

「囲炉裏には薪《まき》は置いてあるかな」

「それは薪ぐらいは置いてますでしょう」

「ふうむ……」

竜之進はかつて旅先で聞いた上泉伊勢守《かみいずみいせのかみ》の逸話《いつわ》を思い出していた。伊勢守がとある村を通りかかったおり、ひとりの野盗が小童《こわっぱ》を人質に取って小屋に立て籠もるというできごとに出くわしたそうだ。このとき伊勢守は、村の僧を呼んで法衣《ほうえ》を借り、頭を剃ってにわか雲水《うんすい》になりすましたのである。

こうして伊勢守は握り飯を持って小屋に近づき、

「わしは僧侶だからなにもせぬ。腹も減っただろう。ほら、握り飯だ」

そう言って油断させ、手を伸ばした隙に野盗をねじ伏せたのだという。

——伊勢守の伝にならうしかないだろうな。

と竜之進は考えている。しかし、伊勢守の場合は、相手は野盗ひとりであるが、こっちは腕の立つ侍が三人である。

竜之進の双《ふたつ》の目が、真ん中に集まったようになった。

「わしが入っていけば、当然、人質に刀を突きつけるだろうな……一瞬のうちに三人を叩き伏せなければなるまいのう。とすると、なにか目くらましのようなことをしなくちゃなるまいな……目くらましといえば、あのときは人形を彫ったのだったな」

竜之進はブツブツと呟き出していた。

それから目に焼きつくほどの赤い夕日を眺め、

「あとわずかで日没か」

そう言った後、竜之進は天の啓示でも受けたかのように顔を輝かせた。

「その目くらましがやれるかもしれぬな」

「おぬし、一人であの家に入るだと」

近在から駆けつけてきたらしい武士が、驚いて竜之進の顔を見た。

「さよう。ちょっとした計略を思いついたのでな」

その武士は、傍《かたわ》らの弓を手にした武士に、

「いかがいたしたものかな」

と声をかけた。

弓を持った武士は首を傾《かし》げるだけである。この場を統率する者がだれなのか、明らかではないようだった。

「おぬしがしたいというなら勝手にしたらよかろう。ただし、敵はかなりの遣い手ぞろいだ。無事に戻れるとは思わないほうがよろしいぞ」

最初に声をかけた武士がそう言った。どちらにせよ、なすすべもなく手をこまねいているのだから、自分たちの責任のないところで状況が変わるのは、望むところなのであった。

竜之進は忠告にこともなげに頷き、

「ついては、このあたりからなんでもいいが生き物を一匹、見つけてきてはもらえぬだろうか」

「生き物？」

「さよう。ヘビでも鯉でも鯰《なまず》でも、なんでも結構だ」

武士がまわりを見ると、竜之進の話を聞いていたこの付近の武家の家人らしい男が、慌てて畑のあたりに飛んでいった。

「いったいどうなさるおつもりじゃ？」

言葉遣いが先程より丁寧になっている。しかし、竜之進はそれには答えず、なにごとか思案しつづけているようだった。

待つほどもなく、畑に消えた男が戻ってきた。手に大きなガマを持っている。啓蟄《けいちつ》も過ぎ、のそのそ地表に這い出してきたところをとっ捕まったのだろう。

「ほう、ガマか」

「いけなかったですか」

男は肩をすくめた。

「いや、構わないとも。これを入れるカゴがあればいいのだが」

武士が、後ろを振り向いて、

「おい、カゴを持て、カゴを」

と叫んだ。

カゴが届けられると、竜之進はおもむろに袴と着物を脱ぎ、それから一瞬ためらったが、褌《ふんどし》まで外し、一糸まとわぬ姿になった。まわりの者はみな、狂人でも見るような目で、竜之進を見つめている。もはや、だれも声をかけようともしなかった。

「そろそろ日暮れかな」

竜之進はそう呟くと、カゴの中のガマだけを持って、生まれたままの姿で、三人が籠城《ろうじょう》を決め込んだ百姓家の中へ入っていったのである……。

七

「なんだ、貴様は？」

竜之進が土間に足を踏み入れると同時に、正面から押し殺したような声がかかった。三人の男たちが刀に手をかけた気配がうかがえる。すでに家の中はかなり暗くなっていて、表情の変化までは見て取ることはできないが、その声から察して、素っ裸の竜之進に度肝《どぎも》を抜かれたようだった。

「相談があって参った」

「だれに頼まれて来た？」

囲炉裏の奥にいた男が訊いた。ぼんやり見える分には、この男がもっとも年嵩《としかさ》らしい。囲炉裏のそばで娘に刀を突きつけているのが次男、いちばん手前に座ったまま、こちらを見つめているのが三男らしかった。

さらに竜之進は、暗さに目が慣れるとともに、家の内部の状況をすばやく頭に叩き込んだ。てっきり六、七歳くらいの小娘かと早合点していたのだが、刀を突きつけられているのは十七、八の年頃の娘だったのには内心、驚いてしまった。

——褌くらいはつけてくるのだったなあ。

と後悔したがどうしようもない。娘は恐怖のあまりなにが起きているのかも飲みこめず、竜之進の裸を目を見開いて眺めていたのである。竜之進は下半身の力が抜けていくような気がした。

「もちろん河合家の方に頼まれて来たのだがな。ご覧のとおりの姿で、なにも手出しをする気がないのはお分かりであろう」

「おぬし、この娘に裸を見せに来たのかと思ったぞ」

まだ十代くらいにしか見えない三男らしい男が、笑い声をふくませながら言った。どうやらこの男がもっとも冷静な性格であるらしかった。

「相談とはなんだ。早く言ってみよ」

「じつは河合家の家宝を預かって参ったのだ」

「河合の家宝だと」

「さよう、このガマなのだがなあ」

竜之進はカゴの中のガマを差し出し、それとともに一足歩み寄った。

「貴様、我々を愚弄《ぐろう》する気か」

「斬ってしまえ」

上の兄弟たちが同時に怒鳴った。

竜之進は慌てて手を前に広げ、

「なんでわざわざおぬしたちを愚弄しにこなければいかんのだ。わしだって好きでこのようなところに来たのではない。これは交渉事なのだ」

「兄者たち、まあいいからちょっとこやつの話を聞こうではないか。どうせ我らも差し当たっては動きようもないのだから」

三男が二人の兄の動きを牽制《けんせい》して言った。

「そう、まず拙者の話を聞いてからでいいではないか。おぬしたちは……」

竜之進はできるだけゆっくりした口調で語り始めた。

「十年ほど前だが、この宿場に名工として知られる左甚五郎が滞在していたことはご存じであろうか」

「知らぬわ、そのようなこと」

次男が苛立《いらだ》ちを剥《む》き出しにして言った。

「いや、聞いたことがあるぞ。左甚五郎かは知らぬが、旅の武芸者の人形を彫った老人がいたとは聞いたな」

と言ったのはやはり末の弟である。この男だけはずっとニヤニヤ笑っているのが気味が悪い。しかも油断なく、手を刀にかけているのだ。おそらく居合を遣うのだろうと、竜之進は頭の隅で推測していた。

「その左甚五郎がどうしたというのだ」

「じつはそのときに、河合家は内密で左甚五郎に一匹のガマを彫ってもらっていたのだ。百両という大金を積んで」

「河合のやりそうなことだ。なにごとにつけ、金にものを言わせようという奴らだからな」

長男が言った。

「おぬしたちも、左甚五郎が彫った上野東照宮の昇り竜の話は知っておられるであろう。夜になると、その竜が不忍池《しのばずのいけ》に降りてきて、水を飲むという話だ。これは、何人もの人たちが目撃していることゆえ、まぎれもない真実である」

三人は知らず知らず、竜之進の話に引き込まれていくようだった。

「さて、このガマはその反対なのだ。すなわち昼間はこうして普通のガマの如く動いているのだが、夜、陽が落ちて、あたりが暗くなると、木彫りのガマに戻るという。なんとまあ奇怪なガマよのう」

「貴様、騙っておらぬだろうな」

竜之進は次男の言葉を無視して言った。

「そして、このガマをおぬしたちに進呈するから、どうか騒ぎを収めて、この地をすみやかに立ち去ってもらいたいと、河合家ではかように申しておる。おそらくこのガマを江戸で売り払えば、三百両は下るまい」

「三百両……」

長男が生唾《なまつば》を飲みこむ音がした。

竜之進はこれまでとはうって変わって、早口で怒鳴るように言った。

「まず、この奇怪なガマをご覧になってから、逃亡するなり討ち入るなり決めても遅くはありますまいッ。まもなく陽も暮れましょう」

わずかのあいだ、家の中は静まり返った。

またも口を挟んだのは三男だった。

「まあ、いいじゃないか。兄貴たち。こいつの話を見届けてみようじゃないか。どうせ、我らが動くにしても暗くなってからのことだろう」

「む、お前がそう言うのなら」

「こやつが変な動きをしたなら、ただちに斬って捨てるさ」

そう言って三男は、竜之進の左側に片膝をついた。刀に手がかけられ、おかしなふるまいは些《いささ》かも見逃さぬという目で、竜之進を見据えた。

その向こうの次男も、抜刀して刃を娘の首筋に近づけた。

さらに囲炉裏の向こうの長男もそれに倣《なら》って刀を抜き、これは下段に構えた。長男と竜之進のあいだには自在鉤《じざいかぎ》が下がっており、邪魔な存在になっていた。

竜之進は土間から板敷の上に上がると、囲炉裏の前に座り、ザルを兄弟たちの前に差し出した。

外はすでに陽が沈みかけたらしく、高窓には淡い夕焼けの色がかすかに滲《にじ》むように残っているだけである。どこかからほのかに梅の香りが流れこんできていた……。

「さて、そろそろ固まり出した頃かな」

そう言ってから、竜之進は明かりをつけていいかと訊ねた。

「動くな」

三男が竜之進の動きを牽制《けんせい》した。

「しかし……」

「それは、こちらでやる。兄者」

三男が次男を促《うなが》した。

次男が小さく頷く。

「それでは明かりの向け方に呼吸が大事なので、拙者の言う通りにやって欲しい」

竜之進が言った。

「かすかな明かりを向けると、夜明けが近いと勘違いされてしまう。強い明かりを向けてやってくれ。そう、そこに藁束《わらたば》がござるな。それに火をつけてガマに近づけるのだ」

次男は兄弟たちが油断なく構えているのを確認したうえで、竜之進の言う通りに実行した。囲炉裏を掘り起こし、小さな種火を探り、それからそばにあった藁束に火を移す。

一瞬にして、部屋に明かりが満ちた。

すかさず竜之進が、

「もしもまだ固まっていないようだったら、すぐに火を消してくれ。長く明かりを当てると、固まりかけたのが元に戻ってしまう」

このとき――、竜之進が目を細め、その火を決して見つめようとしていないことに気がついた者はいなかった。

次男は燃え上がる藁束をザルに近づけた。

ザルの中で炎の熱さを感じたらしいガマがピクリと身じろぎした。

「動いたぞ」

「あ、すぐ火を消して」

竜之進が言うと、次男は藁束の火をすぐに足で踏みつけて消した。

と――、それまで明るい光に満ちた家の中が、再び暗くなり、前よりも深い、漆黒《しっこく》の闇が訪れてきた。

しかも、おそらく男たちの目の中には、炎の輝きがくっきりした残像となって刻み込まれたに違いなかった。それは漆黒の闇をさらに見にくい斑《まだら》模様に塗り変えたはずである。

そして、この一瞬こそ、竜之進が待ったものだった。

斑の闇の中で電光のように竜之進の動きが弾けた。すばやく囲炉裏の薪——いちばん掴みやすそうなものはすでに物色してあったが、それを握ると、まず左手の三男の首のあたりに激しい一撃を加え、返す手で正面の次男の脳天を真っ向から叩いた。

「トアッ！」

間髪を入れず、竜之進は大きく囲炉裏の上を飛び、足が床に着く前に最後の長男の顔面を真っ直ぐに鋭く突いた。

一連の動きは、ほとんど一動作ともいえる流れの中で完遂《かんすい》したのである。それは、竜之進が先程から何度も頭の中で繰り返した動きのとおりであり、三社流の極意のすべてでもあった。暗闇の中で鈍く嫌な音が、三度しただけですべてが終わったのである。

竜之進はわずかのあいだ身構え、耳を澄ませた。兄弟たちが立ち上がる気配は感じ取れなかった。竜之進はようやく全身の緊張を解き、おそらくは竦《すく》み上がっているはずの娘に向かって、

「もう終わったぞ」

とだけ言った。

娘に肩を貸した竜之進が外に出てくると、取り囲んだ人垣から歓声が上がった。竜之進が武士たちに声をかける。

「奴らは気絶している。さあ、いまのうちに縄を」
五、六人の武士がそれでも恐る恐る百姓家に近づいていった。
先程、話をした武士が満面に笑みを湛《たた》えて寄ってきた。

「お見事でござった。いったいどのような計略を取られたのか」

「いや、なに、たいしたものでは」

竜之進は口を濁《にご》したが、

――十年前のできごとがなかったなら、あのような計略は思いつかなかっただろう。

と思った。

それから竜之進は、

――あの老人はやはり左甚五郎だったのだな。

と確信していた。というのは、先程、鹿島家の三兄弟に撃ちかかろうとした寸前、あの老人がつくった人形の構えが身体の中にまざまざと蘇《よみがえ》るのを感じたからである。

——あれほどのかたちをつくれる人が本物でないはずがあろうか……。

そして、竜之進はあのとき老人が残して言葉を、いまごろになって思い出していた。

「こんな禍々《まがまが》しいものを彫った後は、仏でも彫りたくなるのう」

左甚五郎はそんなことを言ったはずであり、その気持ちはよく分かるような気がした。自分の手の中にも長男の顔を突いたときの嫌な感触が残っている。竜之進は、名工が最後に残した人なつっこい笑顔を懐かしく思い出していた。

早春とはいえ、夜風はかなり冷たいことを感じたのはそれからである。慌てて脱ぎ捨てていた着物を身につけ出したが、大きなくしゃみを続けざまに三つ、連発した。ぞくぞくするような寒けが背筋を這い上がってくる。

「これはいかんな」

望月竜之進は、どうやら十年ぶりの、生まれて二度目の風邪をひいてしまったらしかった。

第四話　皿屋敷のトカゲ

一

閑古鳥《かんこどり》が鳴いている。静かな道場に、響き渡るように聞こえている。

「ぽっぽっぽうぉお」

という声である。

――閑古鳥というのは、ほんとにいるのか。

と、一瞬思ったくらい、その呼び名がぴったりだった。

大方、山鳩《やまばと》だろうとは思う。

山鳩にしてはかすれたような声だが、人にも酒の飲みすぎや煙草《たばこ》の吸いすぎで声がおかしくなった人がいたりする。鳥にもそんなのがいても不思議ではない。

いちおうたしかめようかとも思ったが、腹が減っているので起きる気がしない。数日前から手元不如意《ふにょい》のため、昼飯を抜くようにしている。

二月《ふたつき》ほど前に、望月竜之進は道場をひらいた。

江戸の知り合いが、平川町の一丁目に小さな道場が空いたので、ぜひやってみたらと勧めてくれた。近くに藩邸が多く、若い侍も大勢行き来しているところだと。

道場はこれまで何度もひらいた。しかし、すぐにつぶれる。ひらいてはつぶしの繰り返しである。自分でもよく懲《こ》りないものだと思う。

今度もひらいた当座は、入門者が相次いだ。

ところが、あまりにも稽古が厳しすぎるというので、弟子はたちまちいなくなった。つぶれるのはいつも、これが理由である。

いまは、技はまるで駄目だが、身体だけは丈夫な若い大工と、七歳と六歳の男の子の兄弟が残っただけである。

教えるほうからすると、そんなに厳しいとはどうしても思えないのだ。

これ以上、稽古をゆるくしたら、遊びになってしまう。

それが、弟子たちにすると、ついてこれないほどらしい。

遊びでいいのだと囁《ささや》く者もいる。もはや、剣など必要ではないのだからと。

だが、遊びなら釣竿や笛を持てばいいので、物騒な剣を持つ必要はない。

——まいったな。

それは正直な気持ちである。実際に旅に出ていたほうが、よほど実入りもよかった気がする。

しかも、道端には実のなる木もあれば、川には魚がいたりするので、食うほうもなんとかなったりする。江戸は金がないとすぐ腹にくる。

「ごめんくだされ」

玄関で声がした。

「………」

もしかしたら借金取りかもしれない。

耳を澄ましていると、

「こちらは三社流望月竜之進どのの道場でございますか?」

玄関のわきにそう書いてあるのに、わざわざ口にしたというのは期待ができる。

竜之進は、立ち上がって玄関に出た。

若い武士が立っている。歳のころは二十代の後半といったところか。紺の着物に白袴。そう贅沢《ぜいたく》ではないが、きちんとした身なりをしている。

「なにかな」

「こちらに入門させていただければと思いまして」

「そうですか。ま、話を聞きましょう」

と、迎え入れた。

ひさしぶりの新しい入門者である。だが、もの欲しそうにならないよう気をつけた。

「中原善吾《なかはらぜんご》と申します。小野田藩《おのだ》の江戸屋敷に勤める者です」

「小野田藩？」

あまり聞かない名である。

「はい。西国にある一万数千石という小さな藩ですので」

「なるほど」

一万石からが大名なので、ぎりぎり下のほうである。

だが、それを恥じているふうもなければ、虚勢《きょせい》を張るようすもない。いかにも素直そうな若者である。

「では、軽く手合わせさせてもらおうか」

筋が悪いようなら悪いなりに適当に相手をし、入門料だけでもいただくつもりでいる。我ながらこすっからいやり方だと思うが、しかし、背に腹は替えられない。

入ってしまえば、あとはいつもの厳しい稽古をする。遊びにするつもりはない。

中原善吾は、背が高い。だが、身体は細く、剣術よりも踊りでもやったらさぞうまそうである。

「どこからでも」

と、打ち込ませた。

面に来たのを受ける。胴に来たのを払う。小手は軽く合わせる。

どれも立てつづけには来ない。要らない間があく。

次にこっちから打ち込んだ。面から胴へ、下がりながら小手。一つの流れになっている。中原は、合わせるのが精一杯で、しかも手がしびれたらしい。竜之進がいったん下がったところで、からりと木刀が落ちた。

「剣術はどれくらい学ばれたかのう？」

と、竜之進は訊いた。

「は、物心がついたころから」

五、六歳のころには木刀を手にしていたのだ。
「その後は？」

「一刀流の道場で学びまして、途中、小太刀の義経《よしつね》流に移ったのですが、ふたたび一刀流に戻りました。ただし、この一、二年ほどは多忙になって月に二度ほどしか通っていませんでした」

「なるほど」

いちおう、木刀はかなり振り回してきたらしい。

剣筋はしっかりしている。

だが、あまりにも素直すぎる剣である。それに筋力が足りない。

――これでは実戦になると、あっという間に斬られるだろう。

汗をぬぐっている中原善吾に訊いた。

「なぜ、この道場に？」

「じつは十日ほど前に立ち回りを拝見しまして」

「立ち回り？」

「はい。溜池《ためいけ》の畔《ほとり》で」

「ああ、あれを見ておられたか」

思い出した。あのあたりで三人連れを叩きのめしたことがあった。

あの日——。

竜之進が溜池の近くのそば屋に入っていたら、中間崩《ちゅうげん》れらしい三人組が、おなじみのいちゃもんをつけ始めたのである。

「おい、あるじ」

「なにか？」

「ひでえな、このそば屋は。そばの中にヤモリを入れてるぜ」

「え。そんな馬鹿な」

「馬鹿なじゃねえよ。現に入っていただろうが」

と、ひとりが掛けそばの中から黒っぽい小さな生きものを箸でつまみあげた。

熱いダシ汁の中で溺《おぼ》れたのか、ぴくりとも動かない。

近くにいたふたり連れの女の客が、それを見て、

「きゃあ」

と、悲鳴を上げた。

「客にこんなものを食わせて、のうのうと商売ができると思うなよ」

「そうだ、そうだ。わしらはそこの黒田さまのお屋敷に出入りしている者だがよ」

と、有名な大名の名前まで持ち出してきた。どうせ、たまに駕籠《かご》のお供をする程度にちがいないのだが。

三人とも体格はよく、もみあげを大きく伸ばしていかにも恐ろしげである。そば屋のあるじも、なかなかの男ぶりなのだが、すっかり震え上がっている。

とそこへ――。

隣りでもりそばを食っていた竜之進が覗きこみ、

「いやあ、ちがうな」

と、言った。口にそばが入っているので間抜けな口調になる。

「は？」

三人はいっせいに、なんだこいつという顔を竜之進に向けた。

「いや、ちがうんだ。それは、ヤモリではなく、トカゲなんだよ」

「なんだ、こいつ。どっちでも似たようなもんだろうが」

「似てるけど、ほんとはだいぶちがうんだなあ」

「どこがちがう？」

と、ひとりがつられたように訊いた。

「いろいろちがうのだが、手の大きさがちがうんだ。ヤモリのほうが、指が太くてかわいらしい。トカゲの指は細いんだ。それは細いだろ」

ほんとにそうだったので、三人は顔を見合わせた。

「それから、頭を触ってみな。トカゲの頭はここらが固いけど、ヤモリはこのあたりがふわふわしてるから。それはたぶん固いぞ」

と、竜之進は自分の頭のてっぺんあたりを撫でながら言った。

「…………」

ひとりが触った。竜之進の言うとおりに固かったらしく、うなずいて、

「おめえ、くわしいな。いつも食ってんじゃねえのか」

と、言った。この冗談に仲間のふたりも、

「わっはっは」

と、嬉しそうに笑った。

「それとな。これがいちばん大事なことなんだが、ヤモリというのは家の中に棲《す》むんだ。トカゲは外に棲む。つまり、それがトカゲだってことは、このそば屋の中で入ったんじゃなく、外で拾ったのをここで中に入れたんだよ。ほれ、尻尾が

ちぎれてるだろ。それは、捕まりそうになって、あわてて尻尾を切ったのさ」

竜之進がそう言うと、三人は立ち上がって、

「ふざけるな」

「やせ浪人、なめるなよ」

「表に出ろ」

口々にわめいた。

「いや、わしは別に乱暴なことをしようというのではないのだ。ただ、つまらぬ脅しをする暇があれば、モッコの一つもかついではどうかなと」

余計なことを言って、ますます怒らしてしまうのは、竜之進の悪い癖である。

「いいから出ろよ」

と、三人は身体を押しつけたり、袖を取ったりする。

しょうがないなと、竜之進は自分から外に出た。

外は初夏の爽《さわ》やかな風が吹いていた。

お城の外濠とつながっている溜池には睡蓮《すいれん》が浮いていて、風にゆらゆらと揺れるのも見えていた。

そんなのんびりした景色の中で、三人はすぐに、持っていた武器を構えた。ひ

とりは六尺棒で、あとのふたりは木刀である。

「それはつかわぬほうがいいぞ。わしも刀をつかわなければならなくなるから。なあに、つかうと言っても、峰打ちにするから、命に別状はないようにするがな」

と、竜之進は歩きながら言った。

「やかましい。抜けるものなら抜いてみやがれ」

そう言いながら、六尺棒が竜之進の首のあたりに振り降ろされた。

これをのけぞってかわしたと思うと、竜之進は稲妻の模様のように左右に激しく動きながら、三人のあいだをすり抜けた。

「あ、痛たたた」

三人は次々に腕をおさえながら、地面に転がっていったのである……。

「あれをご覧になったか」

と、竜之進はいたずらが見つかった子どものような顔をした。

「はい。三人を相手に見事な動きでござった。いったい、どのような流儀を学べば、ああした剣がつかえるようになるのかと、ひそかに後をつけさせていただきまして」

「この道場にたどりついたと」

「はっ。ご無礼はご容赦《ようしゃ》願います」

中原善吾は生真面目な顔で頭を下げた。

「なあに、そんなことはいいのだが、なぜ三人相手というのにこだわるのかな」

望月竜之進は、自らが練り上げた剣法を三社流と称した。これは三人を相手とするのを基本にしているところからきたのだが、相手を三人に限定しているわけではない。ただ、三人を相手にできれば、あとはいくら増えてもそう大差はない。なぜなら、ひとりの前に立てるのはせいぜい三人で、それ以上になれば味方を傷つけたり、味方の剣で斬られたりするのだ。

「はい。喧嘩になりそうな相手に仲間がおりまして」

穏《おだ》やかな顔を赤く染めて、中原は言った。

大方そんなところだろうとは思った。遊び半分の連中は、もっと目立つところにある派手な道場に行く。怨《うら》みつらみもなしに、わざわざこんな目立たないところにある道場に修行に来たりはしない。

「この道場の稽古は厳しいぞ」

いちおう念を押すと、

「なにとぞ」

と、頭を下げた。

もちろん、小藩とはいえ、大名家のご家来は大歓迎である。芋づる式に弟子が増えないとも限らない。

さっそくに入門の謝礼などの約束をかわした。中原はしばらくは毎日でも通ってくるつもりだという。

「それにしても、先生……」

と、中原はさっそく弟子の言葉になって、

「トカゲとヤモリの違いなど、よくご存じでしたね」

と、訊いた。

「トカゲとヤモリだけではない。マツムシとスズムシの区別も、イナゴとバッタの区別もつけられるぞ」

「へえ」

「なあに、なんということはない。ただ、小さいころから単に生きものが好きだったというだけでな」

「生きものが？」

「かわいいものでな。しかも、よく虫けらとか畜生のくせになどと生きものを罵《のの》る人がいるが、わしに言わせれば人間のほうがよほどひどい」

「はあ」

「ところが不思議なものでな。生きものが好きなのに、生きものが関わる面倒ごとにしょっちゅう巻き込まれる。一度などは、虎に食われそうになった」

「虎に？　ご冗談を。わが国に虎はおりますまい」

「そうよな。いないはずのものに食われそうになった」

竜之進が大真面目な顔でそう言うと、

「あっはっは」

と、中原は面白い冗談を聞いたように大声で笑った。


中原善吾が入門して半月ほどした頃――。

竜之進の用事と重なって、愛宕下《あたごした》にある中原が住む小野田藩江戸屋敷の前までいっしょに歩く機会があった。

「頑張っているではないか」

歩きながら竜之進は言った。

「ありがとうございます」

実際、中原はよく稽古についてきている。

思ったより根性もある。

三社流はとにかく足を使う。相手より早く動き、むだな動きを入れずに、相手の腕を撃つなり斬るなりして、剣をつかえなくする。

剣がつかえない相手など、いくらいてもものの数ではない。

そのため、竜之進はしばしば弟子たちを走らせるのだが、これはたいがいの弟子に嫌がられた。なかには「飛脚になるために、こちらに参ったのではない」と、はっきり拒否する者までいた。

だが、中原は言われたようにちゃんと走った。

むろん、確実に腕を上げている。

ただし、複数を相手に喧嘩となると別である。この前、ちらりと言ったそのことがどうにも気になっていたので、

「まだ、いるのかな。喧嘩になりそうな相手は？」

と、訊いた。

「あ、はい」

「よかったら、話をしてもらえぬかな」

半月の付き合いで、この若者はくだらないことで腹を立てたりする性格ではないとわかっている。だから、なおさら心配になっている。

「はい。ご内密にお願いしたいのですが……」

と、中原が話してくれたのは——。

中原の父は、小野田藩の江戸屋敷で用人をつとめている。ただ、だいぶ老齢で、そろそろ倅の善吾が仕事の大部分を肩代わりしつつある。

「そんなおり、先月のことですが、主筋である鍋島公《なべしまこう》からいただいた柿右衛門《かきえもん》の甕《かめ》を、奥方さまが割ってしまったのです」

「柿右衛門？」

知らない名前が出てきて、話がわからなくなった。

「あ、柿右衛門というのは肥前有田《ひぜんありた》にいる陶工で、酒井田《さかいだ》柿右衛門という人です。この人がつくる赤絵の磁器《じき》はそれはたいそう美しいもので、いま、ひそかに着目され、大名や豪商たちが争うようにして欲しがっているものです」

「それを割ったのか。そそっかしい奥方だな」

と、竜之進は笑った。

「いえ、持っていたとき、甕の中にトカゲが三匹ほど入っていたのでつい驚いた拍子に、手を滑《すべ》らせてしまったのです」

「トカゲとな」

また、トカゲである。生きものがらみで面倒なことが起きなければいいがと、竜之進は思った。

「あ、ヤモリかもしれませぬな」

「なあに、そんなことはどっちでもいいのさ」

と、竜之進は苦笑した。

「しかも、この一件がなぜか旗本奴に知られてしまい、内密にして欲しいなら金《きん》子《す》を用立てろと脅《おど》してくるようになったのです」

旗本奴というのは、平和を持て余した血の気の多い不良どもである。旗本などというのは、いくさがなければ暇《ひま》なものである。暇だと、小人閑居《かんきょ》して不善をなすのたぐいで、まずろくなことはしない。

「金は渡したのか？」

「いくらか渡してしまったのです」

「なるほど、そういうことだったか」

竜之進は納得した。

気持ちのいい天気なので、いったん桜田濠沿いの道に出てゆっくりと坂を下り、日比谷濠のところで右に折れ、外桜田に入った。ここらは大藩の江戸屋敷が整然と並ぶところで、人気《ひとけ》も少なくしんと静まり返っている。

「やはり、気になることがある」

と、竜之進が言った。

「なんでしょうか？」

「まず、そういう手合いに金を渡したのはまずいな」

「まったくです。最初、わたしの留守中に来て、父が殿と相談し、渡してしまったのです。殿はお優しい性格ですので」

それは、優しいというのとはちがう気がする。

「それに、なぜか知られたというのはありえぬだろう」

「そうでしょうか」

「まちがいなく、そなたの藩邸のほうから洩れている」

「ううむ」

「あとは、もしもこじれることになれば、本気でやるつもりかな」

「いや、なんとしても喧嘩をするという気持ちはありません。ただ、いざというときは喧嘩も辞さぬという態度によって、交渉ごとは違ってきますので」

たしかにそうである。

「だが、相手が旗本奴たちというのはな……」

相手にするには面倒すぎる。町奴と呼ばれる町人の無鉄砲な連中が歯向かっているが、けっして旗色はよくない。

中原の足が止まった。

「ここです。当藩の江戸屋敷は」

いくら小藩とはいえ、門構えはやはりたいしたものである。

すると、門のわきのくぐり戸が開いて、中からお女中がひとりあらわれた。

「おう、わかばではないか」

「あっ、中原さま。お出かけでいらしたのですか」

「うん。剣術の稽古にな。こちらはわたしの剣術の師匠である望月竜之進先生だ」

「これはどうも」

と、軽く頭を下げた。竜之進は愛想というのはあまりない。

小柄で愛くるしい顔立ちの娘である。

だが、ちょっと慌てた気配があったのが気になった。

わかばは愛宕山のほうに、早足で行ってしまう。それを見送りながら、

「ところで、先生は今日はどちらに？」

と、中原が訊いた。

「うむ。知り合いからちと、頼まれごとがあってな」

と、言葉を濁した。

その説明に嘘はないが、あまり言いたくない話である。

じつは、前に居候《いそうろう》をしたことがある芝神明《しばしんめい》の豪商の飼い猫がいなくなった。

見つけてくれたら三両やると言われたのだ。

竜之進は目がいいので、猫探しなどは得意中の得意である。しかも、その猫は居候のときもなついていた。

なにせ三両である。猫だろうが、ねずみだろうが、なんだって探す。

「では、またな」

竜之進は勿体ぶった顔で別れを告げた。

二

さらに三日ほどして――。

「竜之進さんよう。送ってくれよ」

「なんだ、おせん坊じゃないか」

おせんは道場の近所にある長屋の娘である。ここの母娘には飯をつくってもらっている。ときどきみそ汁の具に得体の知れない葉っぱが入る以外は、母娘ともにうまい飯を食わせてくれる。

おせんの歳は十五らしいが、小柄なので十くらいと言っても信じてしまう。

当人はそれが悔《くや》しいらしく、一丁前に化粧などしている。しかも、その化粧は、母親がうんざりするくらい濃い化粧なのだ。

蓮《はす》っ葉《ぱ》だが気はいい。ただ、言葉遣いのひどいのには、呆れてしまう。だいたい、江戸の娘たちは言葉遣いがひどく、男と同じような口をきくのだが、このあいだなどはちょっとからかったら、

「ぶっとばすぞ、てめえ」

と言った。これには竜之進もさすがに眉をしかめ、

「おせん。そういうことをいきなり言うと、ほんとに刀を抜くやつだっているから気をつけろよ」

そう忠告したら、

「人を見て言ってるに決まってるだろ。いきなり言ったら馬鹿だろうが」

と、言い返された。

「夜に番町まで用事があって行かなくちゃならないんだよ。怖いからいっしょに行ってくれよ」

「おせんでも怖いものがあるのか」

と、からかうと、

「そういうことは言うな」

猫にろうそくの火を近づけたときのような顔でむくれた。

「なんか、うまい儲け仕事があったんだろ。それくらいいいじゃないか」

「なんで、そんなことを言う？」

「だって、溜まっていた飯代だけでなく、半年先までくれたって、おっ母《かあ》から聞いたぞ」

「…………」

もちろん、猫のおかげである。

「番町など、近ごろは屋敷も増えて、怖いことなどなさそうだがな」

「あれ、知らないのかい。いま、噂になっている番町皿屋敷のことを」

「ああ、あれか……」

竜之進も、弟子の男の子ふたりと、大工の若者からそれぞれ別々に聞いた。ずいぶんちがっているところもあったが、番町の青山《あおやま》家に出る幽霊ということでは同じだった。なんでも、女中のお菊《きく》というのが、幽霊になって祟《たた》っているそうである。

しかも、その幽霊が皿だかなんだかを数えるらしく、「一まぁい、二まぁい」と数えるのが流行《はや》り言葉のようになっていた。

「なあ、竜之進さん。明日の朝飯と晩飯、うまいのをこさえてやっからさあ、頼むよ」

「へえ。おせん坊がそんなに幽霊を怖がるとは意外だったのう」

「怖いよ。あたしは昔から、幽霊とたくあんを刻んだやつは苦手なんだ」

幽霊とたくあんにどんなつながりがあるのかわからないが、おせんの顔は本気である。

「それに、それだけでもないよ」

「なにが」

「あのあたり、旗本奴もうろうろしてるんだって」

「旗本奴が……」

なんとなく気になった。

小野田藩の話も、旗本奴がからんだ。旗本奴というのがどれくらいいるのかわからないが、何百人とはいないだろう。あの手の連中はやたらと目立つので、多そうに見えるだけなのだ。

小野田藩邸も番町も、お城の西に当たる。そこらで大きな顔をしている者同士、つながりはあるのではないか。ひょっとしたら同じ連中ということもありうるだろう。

「わかった。いっしょに行ってやるよ」

「おう。それでこそ剣術の達人だよ」

と、おせんは顔をほころばせた。

おせんの用事というのは、遠い親類のお通夜に出ることだった。とある屋敷の中間をしていたのが、その組長屋で急に亡くなったという。母親は夜なべ仕事があって出るに出られず、おせんが頼まれた。

そんな用事を引き受けるところは、なかなか感心である。

お通夜の挨拶は簡単に済んで、その帰り道だった。

番町のあたりは坂道が多い。麻布《あざぶ》や谷中《やなか》あたりのような急な坂はないが、ゆるく長い坂があちらこちらで交差する。

武家屋敷が並ぶところで、昼でも人通りは多くない。

十三日の月で、足元はずいぶん明るいが、それでも人気《ひとけ》はない。

市ヶ谷御門に近い坂道である。

右手の屋敷から男の声の悲鳴が聞こえた。

「なんだろ、竜之進さん」

「悲鳴だな」

「まさか、ここって青山家だったりして」

「どうかな。だったら面白いな」

「ちっとも面白くねえよ」

おせんは背中にすがりついてきた。小さく念仏も唱えている。

今度は塀のすぐ向こうあたりで声がした。切羽詰まった声である。

「お菊、待てっ」

お菊だと。いま、たしかにお菊と言ったぞ。

竜之進は耳を澄ませた。

「おのれ、化け物。あるじを苦しめる気かっ」

また、男が言った。やはり、ここは青山家らしい。

「竜之進さん。早く逃げようよ」

と、おせんが泣き声になって言った。

「いや、待て、待て。この塀の中を覗いてみよう」

「馬鹿言ってんじゃないよ」

「なあに、大丈夫だ」

すがりつくおせんをひきずるように、竜之進はなまこ壁の塀に取りつくところはないかと探していると、
ざざーっ。

と、葉っぱがざわめく音がして、塀の上を女が飛んだ。

――おっ。

これには竜之進も驚いて目をみはった。

おせんは声もない。

女は塀を高々と飛び越えると、竜之進たちがいる少し先にどさっと落ちた。小さく呻いた。そのまま、どこか帯のあたりをまさぐっていたが、すぐに坂道の下のほうへと駆け出していく。

幽霊の横顔に見覚えがあった。

すると、いきなり門のわきのくぐり戸がひらいて、

「待て、お菊」

と、中から身なりのいい武士が飛び出してきた。抜き身の刀を持っている。

「おのれ。化けて出られぬよう、八つ裂きにしてやる」

追いついて斬りつけようというのだ。

竜之進の目の前のできごとである。

幽霊よりも、この武士の顔つきのほうが怖い。

「ひぇっえぇ」

と、おせんは気を失った。そのほうがありがたい。

「よせ」

と、竜之進が武士の前に出た。

「とめるか、きさま」

横なぐりに剣を叩きつけてくる。腰をかがめてかわした。

「きさまも化け物か」

と、叫んだ。完全に狂っている。今度は突いてきた。あやうく左に身をよじってかわした。

狂った剣はどう攻めてくるか予想をつけにくい。

しかも、もともと剣の腕は立つらしい。

「たぁーっ」

と、竜之進は思い切って踏み込み、この武士のわき腹に当身《あてみ》を入れた。

三

「おせん、しっかりしろ」

おせんを介抱するのに、近くの辻番を借りた。

「娘がちと気分が悪くなっただけなので、ちょっとだけ休ませてくれ」

と頼むと、当番で出ていた中間は気のいい男らしく、そこに横になればと、板の間に枕にする座布団まで出してくれた。

水を飲ませると、すぐに目を覚まして、

「ひっ」

と、一声上げた。

「もう、大丈夫だぞ」

「やっぱり出ただろ、竜之進さん」

「まあな」

このやりとりを聞いた辻番の中間が、

「もしかして、青山家の幽霊かい？」

「うむ。通りかかったら、ちょうど出食わしたのさ」

「そりゃあ、また」

「しかも、あるじらしいのが刀を振り回して飛び出してきたのさ」

あのあとすぐに、中から数人の家来たちが出てきて、あわてて中にかつぎ入れてしまった。凶行《きょうこう》を止めてやった竜之進には、お礼がないのはもちろん、見ようともしなかった。

「ずいぶん、噂にはなっているが、本当なのかね？」

「おいらは青山さまの中間から聞いたんだが、お菊さんの幽霊はほんとに出るらしいね」

回りまわった噂ではなく、青山家の中間の話なら、だいぶ真実に近いだろう。

「ほう。そもそもは、なにがきっかけなのかね」

「なんでも鍋島さまから頂戴した十枚そろいの柿右衛門の皿のうちの一枚を、お菊というお女中が割ってしまったそうだよ」

「手がすべったのか」

「いや、皿の箱にトカゲが載《の》っていたんだと」

「トカゲが……」

柿右衛門とトカゲ。まるっきり小野田藩の話といっしょではないか。トカゲがよほど柿右衛門の磁器を好むのか、あるいは鍋島公が柿右衛門にトカゲをつけてよこしたのか。いちばん考えられるのは、落として割るように、同じ企《たくら》みがあったということである。

つまり、偶然ではなく、鍋島公から柿右衛門をいただいた家が狙われたのだ。

――鍋島公か。

九州の佐賀藩の藩主である。竜之進は九州へも何度か訪れているし、佐賀の城下も歩いたことがある。先代は何年か前に亡くなり、いまの藩主もまだ若いが、賢君《けんくん》だという噂は聞いていた。

「それにしても、トカゲなんぞでそんなに驚くかね」

竜之進が呆れてそう言うと、

「そりゃ驚くさ」

と、おせんが言った。

「あんなかわいいのに」

「かわいいか?」

「かわいいぞ。四つ足で、尻尾がついてて、ちょこまか歩いて」

「そんなふうに言われるとかわいく思えるけど、実物とはずいぶんちがうよ。実物はヘビみたいな顔して、気味悪い肌の色をしてるよ」

「ふむ。そんなことより、それでどうなったんだっけな?」

竜之進は、中間に訊いた。

「皿が一枚割れたのを知ったあるじが、カッとなって、お菊さんを手討ちにしてしまったんだよ」

「手討ち？　たかが皿を割ったくらいで？　しかも、十枚もあるうちの一枚を割ったくらいで？」

十枚もあれば、二、三枚くらい別にどうでもよかろうにと思うのが竜之進である。

「しかも皿ったって、こんな小さくて、しょう油のつけ皿みてえなものらしいよ」

「そうなのか……」

そんなものを一枚割ったくらいで斬られたのが本当なら、化けて出るのが当たり前である。自分が閻魔《えんま》さまであっても、化けて出るように勧める。

あの男、当身一つで落としてしまったが、顔にもう何発か蹴りでも入れておけばよかったと思った。

「そういえば……」

気になることを思い出した。

さっきの幽霊、人であるのは間違いないが、誰かに似ていると思ったら、小野田藩邸の門前で会った娘ではなかったか。たしか、わかばという名だった。あの娘が、青山家や小野田家に入りこみ、柿右衛門の器にトカゲを仕込んだのか。

——では、お菊というのは本当は死んではいない……？

「お化けはニセモノだな」

と、竜之進は口にした。

「本物だよ。お化けでなきゃ、空なんか飛ぶか」

おせんが思い出したらしく、ぶるっと震えて言った。

だが、それは何か仕掛けを使ったのだ。幽霊なら落ちるときに、どさっと音を立てたり、痛くて呻いたりはしない。

「ちと、さっきのところを見てこよう」

竜之進は引き返すことにした。

「やめろよ。置いていく気か？」

「大丈夫だ。ここで待ってろ」

おせんをなだめ、竜之進はもう一度、暗い道に戻った。

さっきまで輝いていた十三日の月は、いまは雲の陰に隠れていた。ここらは真っ暗で、いま来た辻番とは別の辻番の明かりが、半町ほど先にぼんやり見えているだけである。

さっきの屋敷の近くまで来たとき、声が聞こえた。

「青山はひどいな」

「ああ。手がつけられぬな」

ふたりが立ち話をしている。

竜之進は腰をかがめ、用水桶《おけ》の裏まで近づいた。

「ああいう優秀なやつに限って、気が小さいのさ」

「まったくだな」

「学問所では一番だったのだぞ」

「おぬし、そのことで怨みがあるみたいだな」

「ああ。あいつのせいで、一度も主席になれなかったからな」

「ふっふっふ。いまさらひがむな」

「だいたいお菊だって斬るほどのことでもあるまいに」

こいつらが、騒ぎのもとの旗本奴たちなのだ。中原は複数と言っていたが、いまはふたりしかいない。

どうやら、お菊というのは本当に青山家にいて、こいつらに協力していたらしい。斬られて死んだというのも、本当のことなのだ。

だが、たかが皿くらいのことで、斬ったやつも馬鹿だが、くだらぬことをさせたこいつらも悪いのだ。

「しかし、青山とは金の相談もできぬな」

「土屋《つちや》の家はしみったれで駄目だったし、小島《こじま》の案もうまくいきそうで、結局は穴だらけというわけか」

どうやら、ほかにも土屋という家に強請《ゆす》りをかけたらしい。そして、それは小島とかいうもうひとりの仲間の案だったようだ。これで、敵は三人になって、三人にこだわる中原の話とも符号した。

「こうなりゃ小野田のほうは絶対むしり取ってやる」

「あと三百両はいけるな」

「だが、いまのままでは無理だ。向こうも用人の倅が出張《でば》ってきてから、強気な態度になってきてるし」

中原善吾のことを言っているのだ。

「なあに、なんか新しいことを仕掛けるさ。小島にも手伝わせる」

「それにしても、青山の太刀筋は凄いな。狂ってから、さらに鋭くなったぞ」

「まったくだ」

「ただ、通りかかった武士はかなりできるな」

どうやら竜之進のことを褒《ほ》めてくれたらしい。

「当身を入れた男か」

「そうだ。青山の剣を完全に見切ったぞ」

「おぬしよりできるか」

「わしほどではないさ。一刀流免許皆伝は伊達《だて》ではない」

と、ひとりが自慢した。

「お話のところを済まぬがな」

竜之進は用水桶の陰からのっそりと姿をあらわした。客間に茶でも運んできたような調子である。

「なんだ、きさま」

「あ、こやつ。さっきの当身を入れた男」

「きさま。青山家の用心棒かなにかだな？」

ふたりは殺気立った。

「そうではない。さっき、ここで空を飛ぶ幽霊を見たのだが、その幽霊がなんか胡散《うさん》臭かったので、ちっと調べてみようと思ってな」

「調べる？」

「縄を吊《つ》るしたあととか、滑車《かっしゃ》のようなものを取りつけたあとはないかと思ってな」

「なんだと」

的中したらしい。ふたりは顔を見合わせた。

月を隠していた雲が流れ、あたりに白い光が広がった。

ふたりの男たちの顔が見えた。どちらも、いかにも旗本のお坊ちゃまといった顔をしている。着物も月明かりに輝くくらいだから、金糸銀糸をつかった立派なものらしい。単にけばけばしいだけでなく、どこかに洒落《しやれ》た気配を漂わせている。

――こいつら、腕も立つのだろう。

中原のために、腕の一本ずつもへし折っておくべきか。

少なくとも、剣の筋くらいは見ておいてやったほうがいい。

「そなたたち、どれだけ剣がつかえるのかは知らぬが、ずいぶんと姑息《こそく》なこともするようだな」

「なんだと」

「木の屑《くず》がここらに落ちているし、そちらのほうが持っているのは縄のようだ。ふうむ、その木から、そっちの木に縄を回し、木が繁っているそこの塀の屋根の上あたりで引っ張ったのか」

竜之進は指を差しながら、幽霊が宙を飛んだ仕掛けを見破った。

「きさま、何者だ」

「なあに、ただの通りすがりだ」

ふたりは刀を抜いた。

竜之進は塀に沿って歩き出す。

「てやーっ」

前にいたほうが斬りつけてきた。

竜之進も刀を抜き、この剣を横から叩いた。火花が散る。さらに踏み込んでくるのをぎりぎりまで見切って下がる。太刀筋は悪くない。

横に動いて、もうひとりのほうに対峙した。こちらの構えのほうがゆったりとしている。

「たっ」

と、横から斬りつけてきた。大きく伸びる。思ったよりも伸びて、袖口をかすられた。

——危ない、危ない。

小手狙いである。三社流と似ていなくもない。

こっちのほうが腕は数段上である。一刀流免許皆伝は、だいぶ金も積んだにせよ、嘘ではないのだろう。

もともと旗本奴の連中は気っぷが荒いうえに、喧嘩慣れしており、しかも互いに無鉄砲を競い合うので、かなり強い。

——面倒なことになるかな。

剣戟《けんげき》の音を聞きつけたらしく、半町ほど先の辻番が騒ぎ出していた。何人かが提灯《ちょうちん》を持って駆けつけてきそうである。

「ちっ、こんなやつは相手にするな」

「ああ、行こう」

ふたりは市ヶ谷御門のほうへと走り去った。

竜之進は連中とは別の方向へ走りながら、さっきの太刀筋を何度も脳裏に思い浮かべていた。

四

「じつは、困ったことになりました」

と、稽古を終えた中原は、困惑した顔で言った。

話を聞き終えて、

「ううむ。鍋島公が……」

竜之進も頭を抱えた。

小野田藩江戸屋敷に鍋島公が遊びにくることになったのだという。しかも、そのとき、柿右衛門の甕をどうつかっているか、見るのが楽しみだというのである。

「どうつかうかは、もらったほうの勝手だろうが。なんでわざわざくれたもののつかい道など見せなければならんのだ」

竜之進が思わずそう言うと、

「先生。そういうことはおっしゃらぬほうが」

と、中原からたしなめられた。竜之進はこういうことを言うから、藩の指南役などにもなれないのかもしれない。

もっとも当代の鍋島公の評判を聞く限り、おそらくそれは殿さま当人の意見ではなく、わきでそそのかしたやつがいるのではないか。

中原によると――。

どうやら鍋島公の腹違いの弟だかが、旗本奴とまではいかなくてもああしたろくでもない連中と親しくしているらしい。

「小島という男はおらぬか。この前の青山家の騒ぎのとき、耳にしたのだが」

「あ、います。鍋島さまの来訪を伝えてきたのは、小島という若い侍でした」

「やはり、そうか。おそらく、そいつから柿右衛門の行方が伝わり、あの連中がくだらぬことをやっているのだろう」

「そうでしょうね」

青山家のほうがもう少ししっかりしていれば、小野田家とも協議して、なんらかの対策も取れたのだろう。だが、あのありさまでは相談にもならない。

「今度のことで動いているのは、江戸中の旗本奴というんじゃなさそうだ。ずいぶんいるようなことを言って脅すかもしれぬが、いいとこ二、三人くらいがつるんでいるだけだ」

「そうですか、そんなものですか……」

「藩邸にはほかにも若い武士はいるんだろ」

「ええ」

「それくらいなら、奴らの脅しに屈しなくても済むんじゃないのかなあ」

「おそらく、それくらいは。だが、やはり手引きをしたのは、うちの女中のわかば？」

「おそらくな」

青山家の騒ぎから、竜之進は中原に言って、わかばのようすに気をつけるよう忠告していたのだ。だが、わかばはあれ以来、元気をなくし、おとなしく屋敷の用をこなしているだけらしい。所詮、あの娘もだまされた口だろう。

ともかく、鍋島公来訪の知らせを受けた小野田家は大騒ぎである。

同じような柿右衛門があるかもしれないというので、江戸中を探しまわっている。だが、もしも出てきたとしても、その値段は三百両、四百両は下らないと言われていて、小藩の江戸屋敷にとっては莫大な出費になりそうなのだ。

「やはり、鍋島公に正直に申し上げるしかないのではないか。賢君で、無茶なことは言わないという評判もあるらしいぞ」

「わたしもそう思うのですが、奥方さまがそのような恥辱を殿に味わわせるのは忍びないと思いつめていまして」

中原はそう言って、大きなため息をついた。

その翌日である――。

中原が来るはずの稽古に来ない。

なんとなく嫌な予感がした竜之進は、小野田藩の江戸屋敷を訪ね、この事態を知ったのだった。

夕べ、中原は追いつめられた気持ちで、女中のわかばを問い詰めたのである。

そして、中心にいる大竹長三郎《おおたけちょうざぶろう》という旗本奴の居どころを聞き出すと、屋敷内の腕の立つ者ふたりとともに、そこへ交渉に乗り込んでしまった。

だが、交渉にはならなかった。

向こうもなんとしてもむしり取ろうと必死なのだ。

結局、交渉は諦め、大竹の家を辞した。

その帰り道——。

中原たちは覆面をした二人組に襲われた。

「こっちは三人いたのですが、ふいを突かれたこともあって……」

斬られこそしなかったが、木刀で打ちのめされ、三人ともひどい怪我を負った。中原は肋骨《ろっこつ》を折り、左腕にひびが入ったらしく、座るのもやっとというありさまである。

「ひどい目に遭ったな」

と、竜之進は同情した。だが、追いつめられてしまった気持ちもわからないではない。

「わたしの怪我などより、鍋島公が五日後にはお見えになります。連中はおそらく、わたしではなく、弱気に流れがちな父のほうと交渉するつもりなのです」

「うむ。それについては……」

じつは、この数日、思いついたことがあった。

「小野田家にはたしか若殿がおられたのでは？」

と、竜之進は訊いた。

「はい。五歳になられる松之介《まつのすけ》さまが」

双《ふたつ》の目が真ん中に寄ったみたいになっている。

「それで、割れた柿右衛門の甕というのは、どれくらいの大きさだったか知りたい。それは、捨ててしまったのかな……？」

五

「どうしたのじゃ、それは？」

鍋島公の驚いた声が、小野田藩江戸屋敷の庭先に響いた。

「ははっ。じつは、五歳になった当家の嫡男、松之介が、いたずらをしてかぶった拍子に抜けなくなりまして」

その松之介は、頭にすっぽりと柿右衛門の甕をかぶったまま、女中たちに甕を支えられるようにしてふらふらとやってきたのである。

「なんと」

「はずみで入ってしまったらしく、いくら引っ張ろうが抜けませぬ。鍋島さまからいただいた大事な柿右衛門の甕、割ることはできぬ。いたずらしたそなたが悪い。ずっとそうしておれと」

小野田藩の藩主は深々と頭を下げた。

「そんな馬鹿なことがあるか。甕と人の頭とどちらが大事だ。すぐに割るがよい。わしが言うのじゃ。早く割ってあげるがよい」

この言葉を待っていたように、近習の者がささっと松之介のもとに近づき、木槌を振り上げて、

「えいっ」

と、叩いた。

甕はぱりんと二つに割れて、中から紅潮《こうちょう》したやんちゃそうな顔があらわれた

……。

竜之助はもちろん、この場に同席することはできない。だが、庭の隅からなりゆきを見守った。

もともと割れていた甕を、糊でつけておいただけだから、きれいに割れた。

これで、竜之進の機知は成功した。

ほっと胸を撫でおろす。

それからしばらくして、鍋島公の一行からひとりだけ抜けた者がいた。

小島某《ぼう》だった。若いし、立場もだいぶ下のほうらしく、ずっと隅の席で小さくなっていた男である。

小島は小野田藩邸を出ると、南のほうに走った。

すぐに、若葉に覆われた愛宕山が見えてくる。

急な階段が知られるが、小島はそのわきの坂道を上った。竜之進も足音を忍ばせてあとをつける。

「どうだった、小島？」

と、声がした。例の旗本奴である。大竹長三郎という名もわかっている。

小島が早口でなりゆきを説明した。

「くそっ。小野田家あたりにそのように悪知恵の働く者がいるとはな」

「やつら、急に交渉にはいっさい応じないと強気になったのは、そんな策があったからだったか」

旗本奴ふたりは息巻いた。

「しかも、まずいことになった。この前、脅しに失敗した土屋の家の者が、どうも殿にあらいざらい打ち明けたようなのだ」

「なんだと」

ふたりは青くなった。

当然、恥を忍んで打ち明けるという家だって出てくる。恐喝《きょうかつ》などがそうそううまくいくはずがない。

「あっはっは。小悪党たちも年貢《ねんぐ》の納めどきだな」

そう言って、竜之進は木陰から姿を見せた。

「きさま、このあいだの浪人者ではないか」

「大竹。まさか、こやつが甕をかぶるなんぞという筋書きをつくったのでは?」

旗本奴のかたわれがそう言った。

「そういうことだ。まさかこれほどうまくいくとは思ってなかったがな」

と竜之進は笑いながら言った。

「くそっ。こうなりゃ、こいつを血祭りにあげて、憂《う》さを晴らすか」

と、大竹が刀に手をかけた。

「できるかな。わしには秘剣トカゲの尻尾という凄い技があるぞ」

竜之進もためらわずに刀を抜き、中段に構えた。

背後で声がした。

「先生。助太刀に」

中原善吾が、杖をつきながら、こちらにやってきた。怪我のない若侍も五人ほど連れてきている。

「よい、手出しは無用だ。たった三人、軽く峰打ちで叩きのめしてやる」

「峰打ちだと」

大竹が呻き、先に一歩、前に出てきた。

「たぁ」

と、抜き打ちに斬りつけてくるのを、いったん受けようと、竜之進が刀を合わせたとき、切っ先がぐんと伸びた。

「あっ」

竜之進の手首が飛んで、どさりと柔らかい土の上に落ちた。

「あっはっは」

大竹の狂ったような笑い声が、愛宕山の林の中に響いた。

「こいつ、口ほどにもないやつ」

大竹が言うと、ほかのふたりも破顔した。

「そうかな」

と、竜之進が言った。

「なに」

袖の中から、落ちた左の手首がにょきっと生《は》えた。

「げっ」

大竹が愕然《がくぜん》となった。

ほかのふたりも口を開けた。

このとき、竜之進が電光のように三人のあいだを走った。

三度、峰を返した剣が大きく旋回した。

鈍い音が三度した。

「だから、トカゲの尻尾と言っただろうが」

と、竜之進が振り向いて言ったとき、三人の手がいっせいに、軒先の干し大根のようにだらりと垂れた。

林の向こうで、

「うぉーっ」

という歓声が聞こえた。

――弟子が五人増えたかな。

内心でそう思いながら、竜之進は落ちた手首を拾った。

長屋のおせんに頼んでつくってもらったものである。ぼろきれを集め、それと竹を曲げたものを使ってこしらえたのだが、なかなかうまくできている。皮を削った竹は、ちょっと見には人の肌とよく似ていた。

「おせんに団子でも買って帰るか」

竜之進はそう言って、林の中を獣のように歩き出している。

第五話　両国橋の狐

一

その侍は目を見開き、感激しきったような顔で橋の真ん中まで来ると、

「ほう。これはまた、大層なものをつくったのう」

大きな声で言って、伸びをした。

できたばかりの両国橋である。木の香もぷんぷんと漂ってくる。橋の上で新品の湯船に入ったような気分まで味わえる。

武蔵と下総《しもうさ》の二つの国にまたがる九十四間もの大橋である。千住大橋も、その長さで北国からの旅人の度肝《どぎも》を抜くが、あちらは六十六間。いまとなっては大人と子どもくらいにちがう。

「しかも、なんだ、この高さは」

侍は欄干《らんかん》から川面をのぞきこんで言った。

澄んだ流れがはるか下に見えた。

水面から高い。

真下を見下ろすと、頭がふらふらする。

おまけに、いくらしっかり組んでいるとはいえ木の建造物だから、人が大勢渡ればゆらゆら揺れる。

これが怖くて、娘っ子たちなどはきゃあきゃあ言って騒いでいる。

だが、本当に怖いならわざわざ立ち止まったりはしない。面白がっているのだ。

立つ位置が高ければ、当然、視界だって広がる。筑波山《つくばさん》から富士山、千代田のお城から大川の河口までぐるりと見渡せる。気持ちのよさといったらない。

江戸っ子たちが大勢出ている。

川向こうに用事がある人たちだけではない。新名所となっているのだ。そういう連中はなかなか渡り切らない。弁当を広げて、橋番に怒られている者もいた。

渡るのはただではない。二文取られる。用事があって渡る連中も、すたすた渡ってしまうのは勿体ない。

もっとも渡し船だって同じ銭を取られるのだから、損をしている気にはならない。

侍は物見遊山《ものみゆさん》ではない。ちゃんと、本所《ほんじょ》に用事があるが、この景色に思わず立ち止まってしまった。

「まったく江戸は変わるのが早い」

と、つぶやいた。

明暦《めいれき》の大火のあとは江戸を出たり入ったりしている。だが、ここらはあまり来ていなかった。いまや焼け跡などはほとんど見られない。

侍は総髪である。いかにも浪人者といった風体だが、しかし、あるじや禄《ろく》を失った男の焦りや苛立ちのようなものはまったく感じられない。

悠然《ゆうぜん》としている。飄々《ひょうひょう》といった感じも漂う。

もう中年が近づきつつある年頃にも見えるが、そんなに暢気で大丈夫なのだろうか。

侍がのんびり、海のほうに広がる景色を眺めていると、

「狐が出るんだってな」

近くにいた男がそう言った。

町人ふうのふたり連れで、もうひとりが答えた。

「刀を奪うってんだろ」

「そうさ。強いらしいぜ」

「弁慶《べんけい》みてえじゃねえか」

「狐の面をかぶった弁慶か。面白えや」

そんなことを言いながら反対側へ渡っていく。

――江戸の新名所にもおかしなものは出るらしいな。

侍はまだまだ爽快な気持ちを持続させながら、本所のほうへと向かった。

「望月竜之進と申します。大友《おおとも》どのに」

出てきた若い武士に取り次ぎを頼むと、侍は玄関口から中をうかがうようにした。

気おくれするくらい立派な道場である。大きな一枚板の衝立《ついたて》が前をふさいでいる。その上には、やはり大きな扁額《へんがく》が掲《かか》げられ、「剣禅一致」とある。

とてもそんな境地には達していない。剣の道も、この人生も、わからないことばかりである。

この道場はすぐにわかった。

両国橋を渡って右手に曲がると、新しく掘割《ほりわり》ができていて、やたらと荷船が往復している。竪川《たてかわ》というのだそうだ。

河岸《かし》になっていて、その河岸沿いにしばらく来たら、掛け声や木刀を打ち合う音、板を踏む音などが混じり合って聞こえてきた。

門のわきには、

「東軍流、大友巌左衛門《げんざえもん》道場」

と、大きな看板も出ていた。

床を踏む音がして、六十ほどの白髪混じりの武士があらわれた。

「おう、望月竜之進。よく来てくれたな」

満面の笑みを浮かべてくれる。

大友巌左衛門は、道場で父の後輩だった人である。

家にも何度か遊びに来たことがあったはずで、竜之進も大友の若い頃を、うっすらだが覚えている。無愛想な父とちがって、若いときもこのような笑顔を見せていた。
五、六年ほど前に再会して以来、居どころを知らせるようにしてきた。このたびは、三月《みつき》ほど常州の神社に籠《こ》もりつつ、氏子《うじこ》たちに剣を教えていたところを、ぜひにと呼び出されたのである。

「ご無沙汰をいたしました」

「挨拶はいいから、さあ、上がれ、上がれ。腹も減っただろう」

すぐに奥へと招じ入れられた。

道場のわきの廊下を抜けていく。呆れるほど広く、しかも弟子が溢れている。

たとえではなく実際に溢れていて、左手の庭でも大勢が稽古をしているのだ。

「凄い繁盛ぶりですね」

竜之進は啞然《あぜん》として言った。

「うむ。まあ、繁盛したらしたで、悩みはあるのさ。世の中、ちょうどというところにはなかなかなれぬな」

そういうものかもしれない。

明暦の大火で道場も焼けたが、そのときはすでに門弟の数も多く、手狭になっていた。資金もあったので、焼けた周辺の土地も手当し、このように大きな道場にした。敷地は二千坪あるという。下手な旗本屋敷より広い。

しかも、両国橋ができ、本所では武士の家がどんどん増えている。門弟も増える一方だという。

「三百五十人ほどになった」

「三百五十……」

信じがたい数である。

「いま、師範格は十人ほどいるが、中心になってくれる者がおらぬ。おぬしがやってくれたらどれほどしっかりするか」

「大友さま。それは買いかぶり過ぎというものです」

謙遜《けんそん》ではなくそう言った。

わざわざ書状をくれて呼び寄せたのは、この相談のためだったらしい。

こんなことではないかという予感もあったが、まさかこれほど大きな道場になっているとは思わなかった。

門弟らしき若者が、言われて茶と菓子を持ってきた。遠慮なく頬張る。田舎にいると江戸で食えるような菓子はまず味わえない。

そういえば、この前会ったときは、身の回りの世話をする女人がいたが、いまはいないらしい。

「女運が悪くてな……」

とは以前、聞いた台詞《せりふ》だが、その女人もなにかあったのかもしれない。

「いやあ、わしも老いた」

と、大友はため息をつくように言った。

「お元気そうですが」

「それがそうでもない。ここまでにした道場だが、跡を継がせる倅《せがれ》もいない。せめて娘でもいいから子を持っていたら……」

ずいぶん愚痴《ぐち》っぽくなっているような気がする。

「まあ、そなたとしては流派がちがうと言いたいのかもしれぬが、もとは東軍流だから、基本はそう変わるまい」

「なあに、流派なんぞはどうだっていいのですよ」

三社流を名乗ってはいるけれど、これを広めて開祖《かいそ》として名を上げたいなどという気持ちはない。

若いときには多少そうした気持ちもあったが、いまやそんなことはどうでもよくなった。どうせ、くだらぬ名声なぞ、あの世に持っていけるものではない。

流派にしたって、どんどん手が加えられ、新しい技が磨かれ、分派ができ、やがてそちらが主流になったりする。元祖だなどとふんぞり返っても、何代かあとには腐《くさ》ったミイラのようになっている。

むしろ、変に崇《あが》められたりするほうが鬱陶《うっとう》しいくらいである。

「ならば、ぜひ頼む」

「だが、わたしが教えると、逃げ出すやつが多いですぞ。いつもそれで道場は成り立たなくなるくらいです」

そうなのだ。それで片手を超える数の道場を、ひらいたりつぶしたりしてきた。といって、別段、卑下《ひげ》する気もなければ後悔もない。借金を踏み倒すことはしなかったので、そのつど慌ただしい引っ越しをしたくらいの気持ちだった。

「大丈夫だ。そなたにはできるだけ腕の立つ者で、当然、根性もあるという男を回す。逃げ出す心配はない」

「ううむ」

大友にここまで頼まれたのは初めてである。

父の後輩であり、自分にとっても昔なじみである男に、あまり無下《むげ》にもできない。しかも、自分で道場を経営するわけではなく、単に教えるのを手伝うだけである。

「できるだけそなたの申し出は飲む。手当も破格の額を用意する」

「いえ、そんなことはけっこうです。なにせ、金がかからない男ですから」

「とりあえず三月《みつき》ほど」

「そうですな、そこまで言っていただくと」

「やってくれるか」

「お世話になります」

と、頭を下げた。ついでにひさしぶりの江戸を見てまわるつもりである。

「では、ざっと稽古ぶりを見せていただきますか」

「そうか」

さっきの道場に戻った。

同時に二十組ほどが、存分にかかり稽古ができるくらいである。

これほど広いところは江戸でもそうはあるまい。

庭も広く、そこは屋内の倍ほどある。今日は天気がいいので、十四、五組ほどが声を張り上げ、稽古をしていた。

これだけの門弟を集めるのも大変だし、教えるのも容易ではない。大友はそうした才能に恵まれているのだ。

剣客の中には経営についての才能を蔑視《べっし》する者もいるが、竜之進はそうは思わない。ただ、自分はそうした才に恵まれていないことを、つねに思い知らされてきた。

「どうだ、腕の立つ者はわかるかな?」

竜之進は一通り眺めまわし、

「あの赤い襷《たすき》と、向こうからふたり目の総髪の男」

「あっはっは、さすがだな。あのふたりがここでは突出して強い。室井喜三郎《むろいきさぶろう》、梨岡洋二郎《なしおかようじろう》、こちらへ参れ」

と、大友が呼び寄せた。

どちらも二十四、五。いちばん身体に切れがあるころである。背格好もよく似ているが、顔はずいぶんちがう。室井は鼻が長く、間延びしすぎといった感がする。梨岡のほうはずいぶんな好男子だった。

室井と梨岡は、前にやってくると、互いに睨み合い、嫌な顔でそっぽを向いた。

互いに嫌っているのは、一目でわかった。

二

大友からは、道場のわきにつくった住居にゆとりがあるので、そこに住むように勧められた。だが、いつもあの凄まじい掛け声を聞いているのはやかましい。昔なじみの連中がいる佐久間河岸近くの長屋に住み、そこから通うことにした。両国橋ができたので、歩いてもすぐである。

受け持ったのは、室井と梨岡を入れて二十人ほどの門弟である。その中でも、ふたりは格段に強い。梨岡は半年ほど前に入門したが、そのときすでにいまの技量に達していたという。

室井は入門してまだ二月《ふたつき》ほどだという。すこし身体を斜めにする癖があったが、竜之進の指導ですぐに治った。

あとは二十歳前後の若者に、見どころのある者が何人かいた。

そのうちのふたりが井戸端で身体を拭《ふ》きながら噂話をしているのに行き合わせた。

「聞いたか」

「なにを？」

「竹中が狐と出会ったらしいぞ」

「ひょう。取られたのか、刀は？」

「たぶんな。取られたとは言うまい」

「そりゃそうだ」

「だが、元気がないからあれは取られたのだ」

ふたりとも十八、九といった年頃で、噂話が面白くてたまらないのだろう。

後ろから竜之進が訊いた。

「そなたたちが話しているのは、両国橋の狐のことか？」

ふたりは急に後ろから声をかけられ、驚いた顔で振り向いた。

「あ、先生。はい、そうです」

「ここの者が刀を奪われたのか？」

「ええ。それどころか、ここの弟子だけを狙っているのではないかとさえ言われています」

「ほう」

「大友道場の弟子だなとたしかめると言いますから」

「なるほど。その狐はいつごろから出るようになったのだ？」

「最初は三月《みつき》ほど前だそうです。でも、そう頻繁《ひんぱん》に出ていたわけではないそうです。それがここのところ、出る回数が多くなっています」

「竹中というのは、腕は立つのか？」

「かなり立ちます。望月先生のところに来るかと思ったのですが、前からの師範と離れがたいというので残っています。わたしの知り合いで、この先のほかの道場に通っている者は、その道場の名前を名乗ると、軽くそっぽを向かれたそうです」

「おれの知り合いは、ふふふと笑われたそうだ」

と、もうひとりの弟子が口をはさんだ。

「それで、愚弄《ぐろう》するかと怒ったんだそうだ。ちょうど、威勢のいい橋番も当番だったらしく、六尺棒を持って駆けつけてきた」

「ふたりになったのか。それは心強い」

と、若者の片方が目を輝かせた。

「ところが、狐は欄干にぽんと飛び乗り、たたたっと走って、本所側に消えた。まったく相手にもしなかった。追う間もなかったそうです」

「ほう」

と、竜之進も感心した。それは狐と思われても不思議ではない。

弁慶は刀を千本集めたが、この狐は数を目的にしているわけではないらしい。

しかも、身の軽さといったら、弁慶というより牛若丸ではないか。

「先生。やっぱり狐ですかね?」

片方が真面目な顔で訊いた。狐が人を化《ば》かすことは、ほとんどの人が信じている。

「さあ、どうかな」

竜之進は笑った。

「おい。ふつう、狐というのは女に化けるんじゃないのか」

と、片方が仲間に言った。

「そうなのか」

「そうですよね、先生」

「らしいな。しかも、この狐が化けた女と、一晩、寝たりするとひどいことになるらしいぞ」

「どうなるんですか」

「息が熱く、火のようだと言うからな」

「なんだか、色っぽいですね」

「そう。あまりの色っぽさに、骨抜きになってしまうのさ。とくにお前たちの年頃の男はな」

と竜之進はとぼけた顔で言った。

「お前、だまされたいんだろ」

「お前もだろ」

ふたりは肩をぶつけ合って笑った。

「狐はどうやると出てくるんだろう？」

「好物の油揚げで釣るのさ。だが、いくら悪さをしても、狐はやたらと殺してはいけないんだぞ。なんせ、お稲荷《いなり》さまのお使い、神の獣でもあるからな」

「そりゃあ、やっかいだな」

もはや冗談話になってしまっている。

竜之進もたしなめたりはせず、隣りで身体を拭いた。

「狐はやっかいなのさ。そうですよね、先生」

「そうよな」

と、適当に返事を濁した。

やっかいなのは狐だけではない。人生そのものが厄介《やっかい》なのだが、こんな若者たちにわざわざ辛気臭《しんきくさ》い説教をすることはない。みな、ひとりずつ、いろんなかたちで学んでいくのだ。

布団を敷こうとして、腰のあたりに疲労があるのに気づいた。そういえば、この三日ほど痛みのような疲労がつきまとっている。

若いころにはなかった痛みである。

うつ伏せに寝て、自分でこぶしを後ろに回し、痛みのあるあたりを丹念に揉んだ。

望月竜之進は、四十になっている。

旅先で知り合いになり、しばらくはふたりで山に籠もったこともある先輩の剣客に、

「四十はきついぞ」

と、言われたことがある。「いや、四十からがきついのだ」と。

「身体がですか？」

と、竜之進は訊いた。

「身体というよりも、暮らしがきつくなる。武芸者としての暮らしがな。強くなることや技を磨くことだけを考え、潤いから目をそむける――そんな暮らしが松の木から脂《やに》が出るように嫌になってくる……」

そのときはあまり聞きたくない話だった。実感もなかった。

いまはむしろ聞きたい。

その先輩は、すでに五十ほどになっているだろう。四国に入ったとまでは聞いたが、それから音沙汰がない。もしかしたら、亡くなったのかもしれない。寂しい最期《さいご》だったのだろうか。

自分にも、気ままな暮らしに別れを告げなければならないときは来るのだろうか。若いときのさすらいの日々が愚行だったと悔やみながら。

この夜――。

竜之進は寝つかれずぼんやりしていた。

夢のような光景が浮かんだ。

子どものとき――というか、もう十四、五にはなっていたような気がする。父が狐のお面をかぶってそっと出ていった。

いや、夢ではない。あれは、本当にあったことなのだ。

白い張子《はりこ》の面。目は鋭く吊り上がり、耳と口は真っ赤に塗られていた。

父はその面をかぶり、なにか覚悟でもあるようにじっと立ちつくし、それから竜之進のほうをちらりと見て、出ていった。竜之進は起き上がり、戸をすこしあけて、月明かりの白い道を眺めた。

もしかしたら、父はそのまま帰らないような気がしたのではなかったか。

だが、父はその夜、遅くに戻ってきたし、翌日もいつものように朝餉の席に着いたはずである。

明暦の大火で町並はすっかり変わったが、あれはここ佐久間河岸近くの裏長屋にいたときのことだった。子どものころから旅に明け暮れることの多かった竜之進にとって、唯一《ゆいいつ》、ふるさとという言葉を実感させてくれるのが、この佐久間河岸界隈だった。

三

夕刻になって稽古を終えた竜之進は、大友の部屋に行き、

「ご存じでしょうか、両国橋の狐の話を？」

と、訊いた。

「うむ」

大友は眉をひそめてうなずいた。

「斬られて怪我をした者はまだいないが、どうしたものかと気にしていた。沽券《こけん》にかかわる、ぶちのめしてやりましょう、という師範もいるが、あまり騒ぎにはしたくない」

「若いやつらが言うには、今宵《こよい》あたり出そうだそうです」

月齢は十三日であり、雲一つなく晴れている。夜になって急に雲が出ることもなさそうである。

「わたしが見てまいりましょうか」

と、竜之進は言った。

「いや、わしも行ってみよう」

「そのほうがよろしいかもしれません」

この道場になにか怨みでもあるなら、じかに問いただしてみてもいい。

「そうだな……」

行くとは言ったが、大友の口ぶりは重い。なにか屈託があるのだ。できれば、明らかにしたくないようななにかが。

夕飯は大友のところで食い、暮れ六つをいくらか過ぎてからふたりで外に出た。

九月（旧暦）の夜風はすこし肌寒いほどだった。

「こんなことを訊くと嫌がられるかもしれぬが……」

と、大友は歩きながら言った。

「どうぞ、なんなりと」

「そろそろ旅の暮らしも終わりにしようと思ったりはせぬのかな」

遠慮がちに訊いた。

「じつは、昨夜もそんなことを考えました」

「そうか、やはり考えるか」

「なにも考えずに済んだ頃が懐かしいですね」

「そうなのさ。だが、どこかでときの流れにとっつかまってしまう」

「浮雲みたいに生きたいと思っていたのですが」

「それは無理だ、望月」

「そうでしょうか」

「家を持て。妻を持ち、子をつくれ。人はどこかで根づかなければならぬ。わしは失敗したが、そなたならやれる」

回向院《えこういん》の前に出て、広小路まで来ると、坂道のように両国橋があらわれる。

ちょうど月は、橋の真上から照らす位置にあった。

「人気《ひとけ》は少ないですな」

「狐のせいなのかの」

ふたりは橋の中ほどまで来た。

川音が夜の闇に響いている。下をのぞくと、月明かりで小さな波が明滅を繰り返している。

「来るかな」

と、大友が言った。

「さて」

竜之進にはなんとも言えない。

門弟たちが言うには、狐は神田側からこっちに来るのではないという。前を歩いていく武士が、ひょいとこちらを向くと、狐の面をつけているのだという。

——ん？

向こうからゆっくりと女がやってきた。

美しい女である。だが、若くはない。

——狐か。

と、竜之進は思った。

女がすれ違おうとしたとき、

「あっ」

大友が息を飲んだ。

「なにか？」

女も足を止めた。強い香の匂いが、竜之進のほうにも流れてきた。

「美紗《みさ》どの……」

「え……」

「美紗どのでございましょう」

女は怯えたしぐさから大友をうかがい、

「まあ、大友さまでいらっしゃいますの。大友さまですのね」

ふいに顔を輝かせた。闇の中に花が咲いたようである。

「はい。大友巌左衛門にございます」

知り合い同士らしい。竜之進は遠慮して、さりげなく五、六間離れ、ふたりのようすをうかがうことにした。

「ああ、嬉しい」

「何年ぶりでしょう？」

と、大友が訊いた。

「あれから二十五年経《た》ちますね」

「二十五年」

大友は途方にくれたような顔になった。この橋の下の川を、どれだけの水が流れたのだろうか。

「元気でいたのですか、あれからなにをされていたのですか、いまはどこにおられるのです？」

大友は矢継ぎ早に訊いた。

「まあまあ、そんなに次から次に訊ねられても。噂はうかがいましたよ。本所の河岸の近くにたいそう立派な道場があると」

「お父上の剣を広めようと頑張ってきました。それより、所帯は持たれたのですか、お子さんはおありですか？」

美紗は子どもをなだめるように、

「またまた、大友さま。ゆっくりお話いたしましょうよ。両国橋にそう遠くないところに住んでおります。近いうちにおうかがいいたしますから」

「ぜひに」

「では」

女は竜之進にもちらりと頭を下げ、東詰のほうに渡っていった。そこから道場のあるほうとは反対の、左手に折れたらしい。

大友はしびれたような顔で女を見送った。

「いやはや、驚いた」

「お師匠さまの娘ですか？」

話の中身からそれくらいは見当がついた。

「さよう。うっ」

大友は突然、胸を押さえた。

「どうなさいました？」

「いや、大丈夫だ」

とは言うが、苦悶《くもん》の表情になっている。額や首筋に、冷や汗もにじんできた。

「胸が痛むのでは？」

「このところ、ときおり痛むことがあるのだ。だが、じっとしていれば治る。あんまり驚いたせいだろうな」

竜之進は大友を抱えるようにしながら、いったん道場へ引き返すことにした。

この夜は――。

両国橋に狐は出なかったらしい。


翌日の夕刻になって――。

見舞いに訪れた竜之進に、

「夕べは、みっともないところを見せてしまった」

と、大友巌左衛門は頭を下げた。

ずいぶん顔色はよくなっている。一過性の胸の痛みだったらしい。

「いいえ。そのようなことは」

「あんなことになるのも歳のしわざなのだ」

「ところで、大友さま。両国橋の狐の騒ぎというのは、なにか気になっていることがおありなのではないですか?」

竜之進が訊ねると、大友は庭のほうを向き、しばらく言うべきかどうか迷っているふうだった。

庭の隅には、お稲荷さんが祀《まつ》ってある。祠《ほこら》と小さな赤い鳥居も組まれている。もっとも、これは江戸のほうぼうにあるので、不思議でもなければ、めずらしくもない。

「あるのだ」

と、大友は言った。

「やはり」

「昨夜、美紗どのが二十五年ぶりと言ったが、あのことも二十五年前に起きたのだ」

「というと、寛永年間でございますね」

「そうだ。当時、横山町にあった宮田寛月《みやたかんげつ》の道場は栄えていて、四天王と呼ばれた弟子がその隆盛を支えたものだった……」

「はい、宮田道場ですね」

竜之進は父から直接、剣を習ったので、ほかの道場には通ったことはない。ただ、その宮田道場には、十四、五の頃に一、二度顔を出した記憶があった。

「ひとりは、この大友巌左衛門。ひとりは、わたしの兄弟子だった、そなたの亡父望月源七郎どの……」

「はい」

「ひとりは、室井喜右衛門《きえもん》」

「室井？」

「そう。ここに来ているあの室井喜三郎の父だ」

「なんと」

大友からも、当人からも、それは聞いていなかった。思惑があって言わなかったのか、それともわざわざ言うほどのことではないのか。

「そして、もうひとりは、雨沼天一郎《あまぬまてんいちろう》という天才肌の剣士だった。この四人はいずれ劣らぬ腕前だった。だが、そこに難しい問題が起きた。師は齢《よわい》を重ね、あのころは道場を誰に継がせるべきか、迷っていたのだ」

まるで、いまの大友のようではないか。

「師には息子はおらず、美紗という名の美しい娘がひとりいた」

「昨夜の女人ですね」

「さよう。当時は美しかったものよ」

たしかに二十五年を経たいまも、その頃をうかがわせる美貌だった。

「当然、道場の後を継いだ者は、この美紗を嫁にできる。門弟たちのあいだで、なんとなくそわそわしたような雰囲気が漂っていた。だが、暗黙のうちに、候補者は四天王だということになっていた……」

「だが、そのころ、すでにわたしが」

「さよう。望月どのにはお子がおられた。だが、ご母堂《ぼどう》はすでにお亡くなりであった。だから、望月どのにも資格は充分、おありだった」

「ふうむ」

父にもそんな気持ちがあったのだろうか。その後もわたしを連れて、各地を遍《へん》歴《れき》した父だが、いっときはそうした定住する暮らしに憧れを抱いた日があったのかもしれない。

「剣術の道場であるから、やはりいちばん剣の腕が立つ者に譲りたい。しかし、四人の力は拮抗《きっこう》し、甲乙がつけにくい。それで試合をして決めるべきだということになった」

「なるほど」

「だが、これはあとになって推測したのだが、やはり師には継がせたい人、継がせたくない人があった。すなわち私情が入り込む恐れがあった……」

「所詮、後継者などというのは、そういうものなのでは？」

と、竜之進は言った。それで、対抗馬の一派は冷や飯を食ったり、出ていったりする。風来坊の竜之進から見たって、世の中はそうしたものである。

「だが、当時はそれが許されない雰囲気があったのだ。師もまた、つねづね剣に生きる者は私心を捨てるべきだということをおっしゃっていたからな」

「ははあ」

そういう動きならわかる気がする。おのれの言葉に縛られていったのだろう。

「そこで、師は一計を案じた。四人に面をかぶらせ、顔を見ずに勝ち負けを判断しようとなさったのだ」

「面を？」

「師の宮田寛月は茶目っ気というか、ちと酔狂《すいきょう》なところがあった。だから思いついたのだろうが、決してふざけているわけではなかった」

「だが、面などかぶっても……」

太刀筋や身体つきで、簡単に見分けはつくはずである。

「そう思うだろう。だが、四人とも体型はよく似ていて、しかも太刀筋は同じなのだから、面をかぶると見分けがつかなくなった。しかも、試合をおこなったのは、月夜の川原だったのでな」

そう言って、大友は目を閉じた。

また、胸の痛みがぶり返したのかと思ったが、そうではないらしい。その夜の光景を思い出しているらしかった。

「試合はおこなわれたのですね？」

「やった」

「勝ったのは？」

「わからぬのだ」

「わからないですと？」

おかしな話である。わからぬなどとは、師の器量が問われる事態ではないか。

「たしかに難しかったのだ。なにせ実力は拮抗していた。相撃《あいう》ちが多く、判断が難しかったようだ。しかも、師匠にはこうなって欲しいという思惑もあったのだからな。その懊悩《おうのう》はわしにもわかる気がする」

「そういうものでしょうか」

　正直、竜之進にはわからない。

「それで、よく考え、明日、跡継ぎを決定するとして、その場は留保ということになった。ことが起きたのは、その夜のことだった……」

「なんと」

「師が何者かに襲われ、亡くなった。そして、ほかの弟子たちがいまわの際《きわ》の言葉を聞いた。師は、こう語ったそうだ。狐にやられたとな。しかも、狐の面をかぶって飛び出していった者も目撃されていた」

「狐に……」

　竜之進の脳裏に、狐の面をかぶって出ていった父の姿が浮かんだ。

　まさか、宮田寛月を殺したのは……。

「四人の中に、狐の面をかぶっていた男が一人いた。たぶん、その男があらわれて、師匠を斬ったのだろう」

「それは誰だったのですか？」

　と、竜之進はかすれた声で訊いた。

「わからぬのだ。わしはもちろん、自分がかぶった面がなにかは知っている。わしは般若《はんにゃ》の面をかぶって戦った。だが、ほかはわからぬ」

「ううむ」

竜之進は唸《うな》った。

なにか、解《げ》せない話である。

大友はすべてを話してはいないような気がした。

――大友は、狐の面をつけたのは父だと思っているのではないか……。

その証拠のようなものはあるが、こうした理由から、すべてを打ち明けたくても言えないのだ。

「失礼を承知で申し上げますと、いま、当時のことをお話しできるのは大友さまだけ。大友さまが嘘をおっしゃっても、わたしには判断のつけようがありませぬ」

無礼を承知でそう言った。だが、あまりにも判然としない話を、そうでしたかと簡単にうなずくわけにはいかない。

「そうだな」

大友はうなずいた。

「それで、結局、大友さまが跡を継がれたのですね？」

「それはちがう。師があのような亡くなり方をしたため、跡継ぎうんぬんの話は消えてしまったのだ。道場は畳まれ、美紗どのは姿を消した」

「ほう」

「室井も雨沼も、そして望月どのも姿を消してしまった。仕方なくわしは残った弟子たちをできるだけ引き受け、浅草に小さな道場をつくった。それがこの道場の前身だ。もともと望月どのは浪人されてから旅を好まれたが、そうしたことにつくづく嫌気が差したらしく、諸国をさまようようになった。そなたもごいっしょされたのだな？」

「はい」

父とともに諸国を回ったこともある。

「もしかしたら、両国橋に出現するという狐は、あのときのごたごたと関わりがあるのではという気がするのだ……」

「…………」

たしかにそんな気もする。

当時の宮田寛月と、いまの大友巌左衛門の境遇。

狐の面。

どことなく近似している。

すっかり日は暮れてしまった。夜の庭に稲荷の祠が見えている。

ふと、その祠にからすが来てとまった。夜がらすである。

――いや、鵺《ぬえ》か。

竜之進は目を凝《こ》らした。

四

その翌日――。

事態はまた一つ動いた。

大友道場の若者が両国橋の狐の面の前に声をかけられたところに、室井喜三郎が駆けつけて斬り合いになったというのだ。

たまたま遅くまで道場に残っていた竜之進は、報《しら》せに来た若い門弟から大友巌左衛門とともに聞いた。

「抜いたのか」

と、大友は訊ねた。

「はい。二人とも真剣です。凄まじい対決でした」

「それで？」

「橋番が騒ぎ、近くの辻番からも人が出てきて騒ぎになったので、狐がまた欄干の上を走り、逃げてしまいました。決着はつきませんでした」

「室井を呼んでまいれ」

と、大友は命じた。

室井喜三郎はすぐにやってきた。

斬り合いをしたあとの興奮が残っているのか、顔が上気している。

「やたらに刀を抜きおって」

大友は叱った。

「だが、このまま道場を愚弄されてよろしいのですか」

「それはわしが考えることだ。私闘はならぬ」

と、強く言った。

「はっ」

室井は頭を下げ、悲壮な顔で退出した。

「ううむ」

と、大友は呻き、考え込んでしまった。憂悶《ゆうもん》も深くなっているようだ。

そうしょっちゅう出るわけではないが、これでは怖くて夜は誰も通れなくなる。

江戸の人々に迷惑をかけつつある。

「決断しなければならぬときなのか」

「決断？」

と、竜之進が訊いた。

「うむ。わしは道場の後継者を宣言すべきときなのかもしれぬ」

「…………」

竜之進は黙ってうなずいた。

たしかにこの騒ぎには、後継者争いという火種がちらちらしているような気がした。というより、大友の周囲に騒擾《そうじょう》の理由は、それしか見当たらないのだった。

それから、四半刻ほどあとである――。

美紗が道場を訪ねてきた。

「美紗どの……」

玄関に出た大友が、一瞬、ふらりとした。竜之進がさりげなく、肩に手を置いた。

「ご迷惑でしたか」

「いや、そんなことはない」

「重大なお話がございまして」

「うむ。上がってください」

大友は美紗を奥へ通した。

遠慮して席を外そうとした竜之進に、

「どうぞ、望月さまも」

と、美紗は言った。竜之進のことを知っていた。

「そうおっしゃるのだ。そなたもいっしょにうかがおう」

「はい」

大友と竜之進が、ともに美紗の話を聞くことになった。

「じつは、梨岡洋二郎は、わたしと雨沼天一郎の息子なのです」

と、美紗はさらりと言った。

「えっ」

大友は息を飲んだ。

竜之進はとくに意外に思うことではない。

「梨岡の名は、その後、わたしが後妻に入った家の名。もっとも、二人目の夫もすぐに病死してしまいました」

「そうでしたか」

「そして、お願いがございます。大友さまの道場、拝見いたしますと、跡継ぎはいらっしゃらない」

「む」

「梨岡洋二郎は、宮田寛月の孫。この道場を、息子にお譲りくださいませぬか」

「なんと」

「あのとき、父はおそらく雨沼に跡継ぎを託《たく》そうとしていたはず」

と、美紗は自信たっぷりに言った。

「それは」

「そして、大友さまが宮田の孫の洋二郎に道場をお譲りしてくださるなら、二十五年かけて元にもどるようなもの」

それは勝手な理屈というものだろう。

さすがに大友もうなずかない。

「ちと、お訊ねいたす」

と、竜之進が割って入った。

「どうぞ」

美紗は冷たい顔でうなずいた。

「両国橋に出現する狐は、洋二郎さんですな？」

と、竜之進は訊いた。

大友が鋭い目でこちらを見た。おそらく、同じ疑いを持っていたのだ。

「はい、洋二郎です」

美紗は簡単に認めた。

「はじめは軽い気持ちだったのです。遊びのようなつもりだったのです。洋二郎の強さを知らしめ、じつはということで大友さまにも笑っていただこうと。ところが、室井さまの子息が入門してこられ、あげくに望月竜之進どのまであらわれて、遊びにはできなくなってきたのです」

「なるほど。わかりました」

美紗は雨沼とのあいだにできた子の成長だけを願って生きてきた。

そして、大友の道場が栄えているのを見るにつけ、なんとか息子をかつて父があったような座に着けてあげたいと思うようになった。息子は、祖父と夫の血を引き、剣の才能は人一倍恵まれている。

美紗は一子、梨岡を大友道場に送り込んだ。

さらに、息子に刀狩りをさせた。

狐の面をかぶらせたのは、やはり四つの面の中で、いちばん印象の強いものだったからかもしれない。

そして、息子の強さを知らしめたうえで、じつは、この子は……としたかった。

ところが、思惑がずれてきた。

室井の息子が強い。それが入門してきた。

さらに、望月の子もやってきた。もしかしたら、大友はこの望月にあとを譲る気かもしれない。

そう考えたら、美紗は気が気でなかったのかもしれない。

だが、そうした焦りは露ほども見せずに、

「では、こうしませぬか」

と、美紗は言った。

「どのように？」

「再現するのです。二十五年前を」

あらかじめ話のなりゆきを予測していたように、次の案を披露《ひろう》した。

「え？」

「あの夜、なにがおこなわれたのか。わたしは現場こそ見ておりませぬが、だいたいのことは存じ上げております」

「それはそうでしょうな」

「大友さま。望月源七郎どの一子、竜之進さま。室井喜右衛門どのの一子、喜三郎さま。そして、雨沼天一郎の一子、洋二郎。この四人が、あのときのように面をつけて戦うのです。勝った者が、この道場の後継者となる。大友さまが勝ったなら、それは改めて大友さまが指名なされればいい」

「なんと……」

「そうすれば、当時の秘密もすべて明らかになるはずですから」

「秘密？」

「はい。その試合には、いまだはっきりしない秘密がありましたでしょう？　父を殺した者が誰かといったこともふくめて」

「……………」

大友は目をつむり、宙を仰いだ。

長いあいだ思案し、目を開くと、

「そうしましょう」

と、返答した。

五

それから三日後――。

二十五年前は、大川の川原でおこなわれたという試合だが、このたびは回向院の境内《けいだい》でおこなわれることになった。

のちに相撲の興行がおこなわれるくらいだから充分に広い。

月は十七日目のすこし欠け始めた月ではあったが、かがり火が二本焚《た》かれ、けっして暗くはなかった。

ただ、風が強かった。

武器は竹刀が選ばれた。竹刀とはいっても、竜之進ほどの腕になると、命を奪おうと思えば奪うことができる。決して手を抜くことはできない。

面は四つのなかから目隠しをして選び、自分以外、誰がどの面を選んだかは、わからなかった。竜之進は狐の面を選んでいた。

向かい合うと、面は狐のほか、般若とひょっとこ、それと能の翁《おきな》であることがわかった。

四人が向かい合う。みなが、三人を相手にすることになる。

しかも、味方などはない。

まさに、望月竜之進が標榜《ひょうぼう》してきた三社流が実戦のかたちとして現出していた。

「…………」

声もない。声音《こわね》から正体が知られるのを警戒しているからである。

狐が、つつっと前に出た。

「たっ」

と、翁が撃ってきた。

その翁を般若が襲った。

般若にひょっとこが襲いかかるのを、竜之進の狐が横を襲った。

ひょっとこは飛びすさった。

これで、もとのかたちに戻った。

次は翁が前に出て、同じような動きが繰り返された。

こうした動きが四、五度つづいた。

やがて、竜之進が予想した通りの展開となった。

すこしのあいだ向き合って戦っているうち、やはりひとりの正体がわかってしまったのだ。般若の剣筋は鋭くても、動きに粘りがないのだ。それが、六十の齢を重ねた大友であることは明らかだった。

残りのふたりは、すくなくとも竜之進にはまだ区別がつかなかった。

そして、大友以外のふたりが、大友を攻め立てる展開になった。

示し合わせたわけではないだろう。勝ち残るための手立てとしては当然であった。

そして、竜之進が大友を守るようにしながら、残るふたりと戦うかたちになった。

ふいに、大友の膝が落ちた。

「はっはっはっ」

苦しそうに息をつき、

「わしがまず、敗《やぶ》れたわけだな」

と、胸を押さえながら言った。

一瞬、試合を中断し、大友の介抱をしようかと思ったが、大友はそれを望まないかもしれなかった。

「あのとき、わしはたしか翁の面をつけて戦ったはずだった……」

大友は言った。

三人は無言のまま、その話を聞いた。

「そして、あのときもたぶん、技量の上でもわしがいちばん劣っていたにちがいない。それは謙遜ではなくわかった。それから室井の腕が残りふたりよりいくぶん劣った。すぐれていたのは、望月源七郎と、雨沼天一郎だった……」

と、大友は息を切らしながらも語りつづけた。

まだ、三人は無言だった。

「師匠が迷ったとしたら、このふたりのどちらを選ぶかだった。あのあと、わしは何度も師の気持ちを推測した。そして、技量の点から言えば、やはり雨沼だと思われたのではないだろうか」

大友がそう言ったとき、

「わたしもそう思います」

と、石灯籠《いしどうろう》の陰から美紗があらわれた。やはり、隠れてなりゆきを見守っていたのだ。

「ならば、先日、わたしが申し上げたことをそのまま遂行していただいたらよろしいではないですか。雨沼天一郎の子でもある洋二郎に道場をお譲りくだされば」

「いや、美紗どの、もうすこしお聞きください。技量は雨沼が優れていても、雨沼の剣は危険なものを秘めていた。いや、雨沼の心に危険なものがあると見ていた。しかも、師匠はおそらく、美紗どのが天沼に好意を持っていることは薄々勘付いていた。そこでなおさら天沼は遠ざけたかった……」

「そのような」

美紗の顔に怒りがあらわれた。

「わしはおそらく、あの夜、師匠は望月源七郎を後継者にするつもりになったのではないかと思うのです」

「まあ」

「ところが、やはり望月源七郎もまた、剣の技量を見抜く力で、雨宮の力がいちばんであることを察知した。そして、当然、師匠は雨沼を選ぶであろうと思ってしまった……それからあとの推測はつらいのだが、望月源七郎は師匠を襲い、亡きものにしてしまった。これには根拠もある。あのとき、狐の面をかぶっていたのは、望月源七郎だった。師匠にはわかりにくくても、あのとき竹刀を打ち合ったわしにはわかったのだ」

「そうです」

と、竜之進は面をはずしながら言った。

「あの夜のことをわたしは覚えています。父は、狐の面をかぶり、家を出ていきました」

「そうか。そなたも見ていたのか。望月どのは、子を持ち、流浪の暮らしにも疲れを感じ始め、そして道場を継ぐということに魅了されたのではないかと思う。そして、危険な剣であるにもかかわらず、雨宮を選ぼうとした師匠にカッとなり……」

本当にそうだったのか。

だが、竜之進にはわからないことだった。

「やっぱりそうでしたか。じつは、雨宮もそう申していたのです」

美紗が言った。

その母の言葉で、梨岡洋二郎が面を取った。梨岡はひょっとこのひょうきんな面をつけていた。

そうなれば、もはやひとりだけ面をつけている意味はない。室井喜三郎が翁の面を外した。

「父の死にわたしは打ちのめされました。もう跡目争いなどこりごりでした。内心、継いで欲しいと思っていた雨沼にもそう言って、道場は畳むことにしたのです。その後、雨宮は酒に溺れてしまい、早死にしてしまったのですが……」

美紗はキッと竜之進を見て、

「あなたを怨《うら》むのは筋違いかもしれませんが、ますます大友さまにはこの望月どののお子には道場を譲って欲しくはありません」

と、言った。

そのとき——。

「それは違いますぞ」

と、美紗とは反対側の石灯籠から姿をあらわした男がいた。

皆、いっせいにそちらを見たが、

「なんと……」

大友は絶句し、

「あなたは……」

美紗はむしろ懐かしげな顔をした。

室井喜三郎だけは表情を変えない。

「室井喜右衛門さま」

「生きていたのか、そなた」

大友がうめいた。死んだはずの室井だった。

「倅に死んだと言わせていたが、生きていたのさ。あのときの恥辱のため、ひそかに名乗り出ることもできずにいたのさ。もっともいまは病もあって、家に籠もりきりなのだがな」

「そうだったか。だが、恥辱とはなんだ」

と、大友が訊いた。

「師匠を殺した狐というのは、望月源七郎ではない」

「なんと」

「狐は雨沼だったのだ」

「嘘を言いなさい」

と、美紗が叫んだ。

「嘘ではない」

「父を殺したのは雨沼だったですって……」

「そうです。わたしはこの目ではっきり見たのです。雨沼は四つの面を前にして、決断する師匠のようすを盗み見て、狐を取り上げたのにカッとなったのです」

室井の声は静かだった。偽りの気配はなかった。

「『なにゆえに望月ごときを』と雨沼は喚《わめ》き、『愚《おろ》かな』と一声言って、師匠を木刀で撃ち殺したのです。それからすぐに、師匠が手に取ろうとしていた狐の面をつけたのです」

「それで、そなたは?」

と、大友が訊いた。

「もちろん、わしはその前に立ちはだかった。ところが、雨宮は試合のときよりもいっそう、こうした勝負に強かった。あまりにもあっけなくわしは敗れ、このとおり手を打ち砕かれた……」

室井はその手をみなに見せるようにした。

左右の指先がすべて、わしづかみのかたちで曲がり、動かなくなっているらしい。それは苦悶する表情のようにも見えた。

「わしは師の仇も討てず、あまりにもたやすく敗れた恥ずかしさのあまり、その場を去ってしまった。『狐が師を殺した』と門弟たちが騒ぎ出したのはそのあとのことだった」

「そうだったのか……」

と、大友が愕然《がくぜん》として、室井を見ていた。

「そうですか。雨沼はその後、酒に溺れたのですか。あいつなりの懊悩もあったのでしょうな。カッとなる男だったが、人の心を失ったような男ではなかった」

室井は美紗を見て言った。

「おっほっほ」

と、突然、笑い声が上がった。背筋が寒くなるような、冷たさを含んだ笑いだった。

笑っていたのは美紗だった。

「知ってましたよ。そんなことは」

と、美紗は言った。

息子の洋二郎が目を見開いた。

「ともに暮らしたのです。わからないわけがないじゃないですか。父を殺すまでのことをしたのなら、あの道場を奪い、お腹の中の子までしっかり受け渡すべきだと、雨宮を責めました。それが、あのいくじなしときたら、しまいには酒に溺れたあげく、父の亡霊におびえたりして」

「母上。おやめなさい」

と、梨岡がすがりついた。

だが、美紗はそれを振り払った。

「大友さま。わたしを、どうぞ、嫁に」

と、大友のところに擦り寄ろうとした。それなら、そのまま洋二郎が道場を継ぐことになるというのか。心を病んだ者の打算だった。

「女狐」

と、室井喜三郎が吐き捨てるように言った。

「なんだと」

梨岡洋二郎がカッと頭に血が昇ったような顔になった。

竹刀を構え、室井に近づいた。

「来いや」

室井喜三郎がすばやく竹刀をかつぐように構えた。

そのとき、竜之進の身体が電光のように走った。

室井に迫った梨岡の竹刀を下から叩きあげ、その前をすりぬけながら室井の撃ち降ろされた竹刀を払い、すぐさま振り返って、梨岡の肩と室井の胴をぴしぴしと叩いた。流れるような一連の動きで、すべてが終わった。加える衝撃は押さえても、相手に敗北を告げるには充分なほど、心地よく鳴り響いた音だった。


それから四、五日ほどして――。

望月竜之進は旅支度を終え、大友道場の玄関口に立っていた。

「やはり、道場をまかせることは無理か」

と、大友が竜之進の背中に言った。

「申し訳ありませんが、わたしにはできません」

「そうか」

「余計な差し出口かもしれませんが、室井喜三郎の剣はまだまだ伸びると思います」

「うむ。室井がな。わしもそれは考えているのだ」

「そうでしたか」

「それで、梨岡が手伝ってくれたらいいのだがな」

「ああ、それはいいですな」

あのあと、梨岡は道場には出てきていない。

だが、美紗の気持ちが落ち着いたとき、お詫びにうかがうという書状が届いたのだという。梨岡は、けっして心根の曲がった若者ではなかった。

「美紗どのこそ、狐だったのだろうか」

と、大友はつぶやいた。

「狐ね……」

田舎を旅していると、狐とはよく出会う。

狐は山奥にはあまりおらず、里山や集落の近くの雑木林などにいる。人に近い生きものなのだ。

そのくせ、犬ほどには人に慣れず、しかも犬からは滅法嫌《めっぽう》われている。

その距離が、狐は人を化かすという話に結びつくのだろう。

しかも、狐は肉が恐ろしくまずいので、人間にあまり食われない。毛皮も狸《たぬき》ほど好まれない。なんとなく、哀れな感じがする。

それに竜之進は、あいにくとまだ狐に化かされたことはなかった。

「別に狐でもいいではないですか」

と、竜之進は言った。

「あの人だって、好きで狐になったのではないかもしれない。哀れではあるが、憎むまではしなくてもよいのでは」

剣を修行することは、同時に人の弱さを見つめることだったような気がしている。

「うむ。そうだな。それに、もしかしたら血こそつながってはいないが、あの人がそなたの母になることも、あったかもしれないのだしな」

と、大友は笑顔になって言った。

「それは……」

と、竜之進はそこで言葉を止めた。

たしかにそうなのである。じっさい、この世というところは、いろんなことが起きるのである。

「では、大友さま。お達者で」

「旅か。流浪の旅か」

と、大友は言った。すこし、憧憬《しょうけい》の気配もあった。

「ええ。浮雲のように」

そう言ったとき、望月竜之進はすでに旅人になっている。

厄介引き受け人

望月竜之進　二天一流の猿

2008年 4月 28日　初版第1刷発行

著者　風野真知雄
編集協力　ビースト
表紙イラスト　渡邊文也
フォーマットデザイン　橋元浩明(so what.)

発行人　高橋一平
発行所　株式会社竹書房
〒102-0072 東京都千代田区飯田橋2-7-3
電話：03-3264-1576(代表)
03-3234-6301(編集)
http://www.takeshobo.co.jp
振替:00170-2-179210
印刷所　凸版印刷株式会社

定価はカバーに表示してあります。乱丁・落丁の場合には当社にてお取り替え致します。

ISBN978-4-8124-3435-2　C0193